HELIO DE LA PEÑA

ATENÇÃO!
MANTENHA FORA DO ALCANCE DE CRIANÇAS E MULHERES GRÁVIDAS

O LIVRO DO PAPAI

2ª EDIÇÃO

COMO SOBREVIVER AO SEU **BEBÊ**

MINOTAURO
Rio de Janeiro, 2025

O livro do papai

Minotauro é um selo da Editora Almedina do Grupo Editorial Alta Books (Starlin Alta Editora e Consultoria LTDA).

ISBN: 978-65-6143-048-7

Impresso no Brasil – 2ª Edição, 2025 – Edição revisada conforme o Acordo Ortográfico da Língua Portuguesa de 2009.

Dados Internacionais de Catalogação na Publicação (CIP)
(BENITEZ Catalogação Ass. Editorial, MS, Brasil)

P397L
1.ed. Peña, Hélio de la
O livro do papai : como sobreviver ao seu bebê / Hélio de la Peña ; ilustração Adão Iturrusgarai Maciel Filho. – 2.ed. – Rio de Janeiro : Minotauro, 2025.
112 p.; 15,7 x 23 cm.

ISBN 978-65-6143-048-7

1. Casamento. 2. Família. 3. Ficção brasileira. 4. Humor na literatura. I. Maciel Filho, Adão Iturrusgarai. II. Título.

06-2025/21 CDD B869.3

Índice para catálogo sistemático:
1. Ficção : Literatura brasileira B869.3
Aline Graziele Benitez – Bibliotecária – CRB-1/3129

Grupo Editorial Alta Books

Produção Editorial: Grupo Editorial Alta Books
Diretor Editorial: Anderson Vieira
Editor da Obra: Marco Pace
Vendas Governamentais: Cristiane Mutüs
Produtora Editorial: Andreza Moraes
Revisão: Paulo Henrique de Aragão
Diagramação: Aurélio Corrêa
Ilustração: Adão Iturrusgarai

ALTA BOOKS
GRUPO EDITORIAL

Rua Viúva Cláudio, 291 – Bairro Industrial do Jacaré
CEP: 20.970-031 – Rio de Janeiro (RJ)
Tels.: (21) 3278-8069 / 3278-8419
www.altabooks.com.br – altabooks@altabooks.com.br
Ouvidoria: ouvidoria@altabooks.com.br

Editora **afiliada à:**

Para Joaquim, João e Antonio,
meus moleques, e para Ana, a mulher
que me atura.

Sumário

INTRODUZINDO COM JEITINHO

NÃO É NADA FÁCIL SER PAI. O sujeito se aventura nesse caminho sem volta ignorando o que vai encontrar. A experiência acumulada como filho reclamão e marido bundão de nada serve. E ele precisa aprender tudo rapidamente para ajudar a cuidar daquela criança ou para, no mínimo, não atrapalhar.

É muito comum aquele tipo de pai que, para não atrapalhar, prefere sair pra comprar cigarros e só voltar depois de 30 anos, se o seu bebê se tornar um jogador famoso e milionário.

Percorrendo as livrarias, descobri centenas de obras sobre essa fase da vida. Mas, numa análise mais detalhada, percebi que metade dos livros ensinava como cuidar do bebê, a outra metade explicava como cuidar da mãe. Não encontrei a terceira metade, que seria dirigida ao pai. Não havia livro algum para o papai. Provavelmente, as mães não aceitariam ver um marmanjo num canto, feito um inútil, lendo um livro sobre si mesmo. Elas preferem vê-lo colaborando, mesmo que seja afogando o bebê ao tentar dar o banho.

Como ser um pai maneiro desde os primeiros dias do bebê, ainda girino, na barriga da mãe? A desinformação e a inexperiência deixam o sujeito atônito. Ele tenta participar, não sabe como, se sente acuado na própria casa. Percebe que não pode aprender a ser pai sem fazer contato com outros pais, e vai para o boteco trocar experiência com os mais calejados. A mulher não compreende o esforço, acha que o marido está na vagabundagem, quando, na verdade, o infeliz está apenas em busca de informação. Acontece de uma ou outra dúvida ser mais profunda e o marido precisar consultar uma criatura do sexo feminino para ter uma opinião mais abalizada, o que também não tem nada a ver com sacanagem. A mulher é que fica muito sensível ao engravidar e acaba vendo maldade em tudo.

Em milhares de anos da nossa existência, o homem nunca esteve tão por baixo. Ele continua sendo maioria nos cargos de comando de empresas e nações. O macho-alfa-hétero-cis nunca foi tão cancelável. Não vivemos um bom momento para nos vitimizarmos, temos séculos de existência contando contra. A culpa não é sua, e sim das inúmeras gerações que vieram antes. E nenhum terapeuta poderá ajudá-lo nessa. Tirando este autor, ninguém mais está do seu lado.

Portanto, se você é ou vai ser pai e está com este livro nas mãos, respire aliviado. Dentro de instantes, suas dúvidas vão desaparecer. É só despistar a futura mamãe e ficar num canto, feito um inútil, lendo sossegado.

1.

ABRE A BRAGUILHA E VAMOS FAZER UM FILHO!

AO OUVIR ESSA ORDEM, o sujeito pode ter certeza, não se trata de cantada para uma bimbadinha sem compromisso. Também não se trata de uma funkeira popozuda tentando aplicar o golpe do DNA, elas não costumam ser tão explícitas. É mais provável que seja a esposa do indivíduo querendo perpetuar a espécie. E a resposta é invariavelmente a mesma.

— Hein? O quê? Falou comigo?

Se a dona encrenca não rebater com um choro convulsivo seguido de profunda depressão, é porque a resposta não surtiu efeito. Ela vai insistir e em algum momento ele vai ter que amolecer. Ou melhor, endurecer. E não vai ser tão fácil quanto na noite anterior, em que tudo era apenas uma brincadeira. É quando o brutamontes insensível compreende: todo homem tem direito a amarelar ao menos uma vez na vida. Mas para fazer sexo com a primeira dama, o sujeito faz qualquer sacrifício. Até filho.

Fazer um filho é um ato de amor e cumplicidade, mas na hora H, quem vai ter que ficar de pau duro é o cara. Essa tarefa ele não vai poder dividir com a futura mamãe, é um problema só dele. Lógico que a mulher poderia dar uma mãozinha ao rapaz, mas se eu fosse esse rapaz, não contaria com isso.

— Como é que é, esse troço não vai ficar de pé?

— Calma, amor, você sabe que eu ando estressado. Agora você, em vez de ficar aí atrapalhando, bem que podia dar uma força!

— Como assim, dar uma força? Já vou fazer força nove meses, fora o parto! A gente está fazendo um filho junto, é meio a meio, eu já estou dando a minha parte. Quer dizer, estou tentando dar...

— Tá vendo? Olha só, agora ele encolheu.

— Era o que eu pensava. Você não estava querendo tanto assim ter esse filho.

— Que é isso, amor, não é verdade! A gente podia se vestir, sair pra jantar e conversar. Eu posso te provar que não é nada disso...

— Pode deixar. Eu já estou vendo. Agora ele enrugou também...

2.

GRAVIDEZ, QUAL A MELHOR?

UMA POLÊMICA ACOMPANHA O CASAL que deseja ter filhos: qual será a gravidez ideal? A gestação correrá mais tranquila se a macetada reprodutora for detalhadamente planejada, com dia, hora e minuto agendados com antecedência, ou será melhor deixar o barco rolar, sem prestar muita atenção no que está acontecendo para não dar chance de desistir de tudo? Esse é um momento em que o casal vai ter que negociar muito até chegar a um consenso. Desse acordo depende uma nova vida, é a prova de fogo do casamento, porque se um quiser "A" e outro "Z", no lugar de padrinhos, os dois vão acabar escolhendo advogados.

— Normalmente, o homem é a favor do acaso, sem muitas expectativas, não quer saber de marcar um dia "F". Prefere tentar durante todo o período fértil da esposa. Segundo o marido, o período fértil da mulher vai das seis e meia da manhã até a meia-noite, fora a madrugada. Eles vão levando, até que... quer dizer, ela vai levando, até que uma hora qualquer, aparece grávida. O coitado quer apenas aproveitar a brecha na lei, o regime de exceção para, ao menos nesse período, comer um pouco a patroa.

— No meio da noite, o quarto às escuras, o casal na cama. Ele toma coragem e cutuca a mulher.

— Benhê...

— Não enche!

— É que eu tava pensando no nosso filho.

— A gente não tem filho, imbecil!

— Aquele que a gente combinou de fazer, lembra? Você concordou que seria sem pensar, sem planejar muito, num dia qualquer... vamo nessa?

— E por acaso hoje é um dia qualquer para fazer filho?

— E por que não?

— Você não tem ideia de como foi o meu dia para achar hoje um dia qualquer! Foi um porre, chatíssimo. Eu não quero ter que explicar pro meu filho, no futuro, que ele é um mala porque foi feito num dia ruim. Além do mais, eu não quero fazer nosso filho depois de uma discussão dessas! Você quer que a carinha do meu filho tenha alguma coisa a ver com essa noite? Tá maluco!

— Tá bom, amor, então tá, mas a gente podia pelo menos treinar...

— Treina sozinho. Faz aquele seu treino individual com bolas. Boa noite.

Geralmente, o homem não tem direito de escolha. Se a mulher quer um bebê planejado nos mínimos detalhes, a data do fuque-fuque não é um mínimo detalhe. É um dia criteriosamente escolhido com anos de antecedência e que passa a ser o grande dia do casal. Tudo deve conspirar para que a data transcorra maravilhosamente, para que seja uma linda noite de lua cheia, conforme previsto e sonhado. E no momento exato, calculado por matemáticos da Nasa, o maridão espada deverá aplicar na patroa a vigorosa injeção de sêmen.

Infelizmente, nem sempre é assim que ocorre. A futura genitora chega em casa, depois de consultar ginecologista, astróloga, numeróloga e moça do tempo e corre para marcar com uma caneta Pilot vermelha o dia "F" no calendário da cozinha. Ao voltar do trabalho, o marido sua frio ao ver a folhinha com o dia assinalado para todo mundo ver.

O problema do maridão é a responsabilidade. No momento crucial, ele tem que estar preparado para enviar os seus melhores espermatozoides para que o óvulo, um consumidor exigente num mercado competitivo, possa dispor do melhor entre os bilhões de gametas que vão seguir em frente e fazer história. É quando dá o frio na espinha que congela algumas partes do corpo e amolece outras.

Aí surge a questão mais complexa. Como reconhecer os bons espermatozoides para colocá-los na frente da fila? Como separar o joio do trigo no meio daquela substância gosmenta? É uma tortura para o homem imaginar que pode estar carregando no saco um Einstein, um Pelé, um Picasso e acabar gerando um futuro ex-BBB. Por isso, o homem prefere não saber quando exatamente a sementinha foi depositada na caixa postal. E num momento vital, o homem finge que não é com ele, manda uma infinidade de espermatozoides, lava suas mãos e o óvulo que se vire!

O macho da espécie não foi educado para o sexo levado a sério. Seu pau não foi treinado para fazer filho com hora marcada. No dia "F", já de manhã, as mãos do garanhão começam a tremer e ele se corta todo ao se barbear. Passa o dia tenso, preocupado. Com as melhores intenções, compra um bom vinho, prepara ele mesmo um jantar para os dois, escolhe a trilha sonora da noite. Tudo surpreendentemente dentro do esperado. Sua mulher está gostosa como nunca, ele se anima, está quase chegando lá, até que ele se lembra dos espermatozoides. Eles não transam há quinze dias, suas células reprodutoras na boca do túnel são as mesmas, podem estar velhas, acomodadas, nada fizeram para ter o privilégio de serem as primeiras. O rapaz se pergunta se não devia ter tocado uma punhetinha pela manhã, para renovar o estoque por um carregamento fresquinho. Não, não poderia confiar em esperminhas tão jovens, talvez imaturos, sem senso de direção... Na hora de entrar em campo, o pênis sente o peso da camisa e amarela.

A polêmica entre gravidez planejada e gravidez surpresinha veio para ficar. A escolha vai depender da personalidade de cada membro do casal (principalmente da mulher, mesmo não tendo membro). Se a sua mulher for adepta da gravidez inesperada, da gravidez do acaso total, da gravidez não planejada, procure checar se ela planeja, ao menos, que você seja o pai!

APRENDENDO A ESTACIONAR A BARRIGA

Para que a gravidez transcorra sem mistérios, existem inúmeros cursos para grávidas, geralmente numa clínica em Santa Teresa, no Rio, ou na Vila Madalena, em São Paulo. E como estamos no terceiro milênio, é natural que o papai também participe dos encontros. Veja bem, eu não disse "é natural que o papai dirija o carro e despeje a companheira na porta do curso". A participação do marido é efetiva e importante para que ele se integre no processo e descubra que os bebês não nascem limpinhos como na tevê, que fralda descartável também tem de ser trocada, e que sua mulher não é a única barriguda no mundo. Pelo contrário, esses cursos reúnem tantas grávidas que o sujeito tem certeza de que se enganou de endereço e foi parar na produtora de um daqueles vídeos pornôs exóticos que ele costuma assistir. Nas clínicas mais animadas, professores e terapeutas ensinam até como engravidar, em aulas práticas coletivas, que a vizinhança chama de suruba.

Uma das matérias mais concorridas é a que trata da malinha da maternidade. A gestante aprende a preparar a bagagem com as primeiras roupinhas do bebê, aquelas com que ele vai circular na maternidade, receber as visitas e fazer social no berçário. São fraldinhas, mantas, macacões, além de peças como pagão, culote e cueiro, seja lá o que for isso. Sem falar em camisolas, chinelos, sutiãs, robes pré-parto e cintas pós-parto da mamãe que, já no bagaço, não vai querer andar esfarrapada pela clínica. São centenas de itens a serem compactados numa valise mínima, para não dar a impressão de que eles estão de mudança. A futura mamãe aprende que, durante os nove meses, a mala deverá ser feita, desfeita, refeita semanalmente com todo o cuidado, para, finalmente, ser esquecida em casa na hora da correria para a maternidade. O marido nota que nenhuma peça do seu vestuário é citada nas aulas. E fica sabendo que é melhor se hospedar apenas com a roupa do corpo e manter uma aparência amarrotada, cansada e maltrapilha, pois, no período pós-parto, nenhuma mulher atura um marido bem vestido e penteado, com cara de visita dentro do quarto.

Quando o curso para grávidas é sério, o ambiente é pouco masculino. O homem tende a ficar tímido e acanhado, é normal. Assim como é normal o sujeito ficar calado por três horas, enquanto sua mulher aprende como botar a barriga na vaga, como usar todas as bocas do fogão sem queimar o umbigo, como continuar se limpando sozinha, mesmo tendo braço curto. Até que a orientadora nota sua existência e se dirige a ele como se fosse o próprio bebê.

— E o papai, está tão calado! Nenhuma pergunta do papai?

Nesse momento, o papai recebe uma cotovelada da mamãe, bem no meio das costelas, se toca que é com ele, e finalmente participa.

— A que horas acaba o curso?

Recebe outra cotovelada. Pronto, encerrada a participação do papai.

3.

BARRIGA: TAMANHO É DOCUMENTO

SÓ EXISTE UM TIPO DE MULHER que gosta de ter barriga: aquele que acabou de receber seu teste positivo de gravidez. Esse é o chamado ponto de inflexão da vaidade, ou seja, o ponto em que o conceito de beleza da mulher se inverte e tudo o que ela quer ouvir é que sua barriga cresceu. Acontece com todas as grávidas, mas, infelizmente para os homens, é muito difícil descobrir se a mulher atingiu o tal ponto de inflexão da vaidade ou simplesmente começou a relaxar com a dieta.

— Nossa, como você está magra! — elogia o maridão, tentando agradar.

— Você acha mesmo? — espanta-se a mulher.

Se a mulher não respondeu com um enorme sorriso de satisfação, pode escrever, ela está grávida. Nessa fase, todas mudam. Não querem mais ouvir no ouvidinho que aquela cinturinha fina enlouquece os homens, que sua barriguinha definida e sarada para a praia de Ipanema. Não, a gestante quer o marido comemorando com ela a perda da cintura. E acima de todas as coisas, o marido deve ser o primeiro a notar a barriguinha. Tudo que a mulher grávida quer é que alguém perceba sua barriga, e se esse alguém for o marido, ele marca um pontão.

Existe um método simples para o marido se dar bem. No dia em que a esposa confirmar a gravidez, o marido deve lhe dar de presente uma calça jeans dois números abaixo.

— Não é possível, querida! Ontem mesmo você me disse que estava grávida, hoje já não cabe nas roupas!

O sujeito terá essa mulher nas mãos por um bom tempo.

O dia que a mulher descobre que está grávida entra na sua biografia como um recorde, na categoria melhores momentos da vida. E como celebrar tamanha felicidade? Algumas vão encher a cara com a galera no boteco da esquina, outras querem simplesmente sair nas ruas com o resultado positivo nas mãos e ver as pessoas apontando e comentando: "Lá vai a grávida, olha lá!".

É preciso saber canalizar a energia de uma mulher grávida, sobretudo nos primeiros dias, quando ela não tem efetivamente nada de prático para fazer a respeito do microfeto. O marido deve convencer a querida gestante a tirar proveito da sua condição. Deve entregar-lhe uma pilha de contas atrasadas para lhe dar o prazer de ir ao banco utilizar o caixa exclusivo para grávidas. A futura mamãe sairá cheia de contas debaixo do braço, feliz em direção a uma agência bancária, o que só é possível nesta fase da gravidez. Ela perceberá que não vai ser tão fácil fazer valer seu direito diante da multidão de clientes e credores que se amontoa dentro e fora do banco.

— Dá licença, eu tô grávida, preciso passar, abre um espacinho, por favor, eu tô grávida e tenho que resolver isso ainda hoje...

— Como assim, "ainda hoje"? — intervém uma cliente. — A senhora me desculpe, mas não parece não. A sua barriga não desceu.

— Não, não é bem isso, pra hoje são só as contas, dá licença...

— Minha tia, não leva a mal, mas se pra hoje só tem conta, empatou. — rebate um motoboy. — Tem que ir para o fim da fila.

— Você não ouviu direito, garoto? Eu estou grávida e, portanto...

— Grávida, a senhora? Nessa eu não caio. Aí dona, se a senhora disser que engoliu uma azeitona, de repente eu deixo a senhora passar na minha frente.

— Vai à merda, moleque! — ela aborda outra vítima. — A senhora se incomodaria se eu...

— Me incomodaria, sim.

— A senhora sabe que está indo contra uma importante conquista da categoria das grávidas?

— Olha, a senhora não me parece nada grávida. Mas se estiver, eu acho que devia sair desse banco. O ar abafado, a multidão, o calor, nada disso vai fazer bem pro seu neném. Pague essas contas outro dia, minha filha, não se preocupe com isso agora. Por que você não manda o inútil do seu marido fazer isto? Vá se deitar um pouco.

— Pode deixar.

— E olha, ao se deitar, deite-se sempre do lado direito, que é para não...

— Minha senhora, não me enche o saco, tá!

No saldo final, a mulher grávida terá aprendido uma importante lição: a grávida só é bem-tratada quando tem barriga. Enquanto ela não tiver o prazer de entalar na roleta do ônibus, a melhor diversão será ficar em casa perturbando o marido.

4.

GINECOLOGISTA, PROFISSÃO: TARADO

— QUAL FOI A ÚLTIMA VEZ QUE VOCÊ FOI AO GINECOLOGISTA?

A única fase da vida em que um homem ouve essa pergunta e não olha para trás procurando com quem estão falando é durante a gravidez de sua esposa. Se você está grávido e não lhe contaram essa, vá se preparando. Um cardíaco não verá seu cardiologista tanto quanto o futuro pai irá ao ginecologista. Durante as famosas quarenta semanas, pelo menos uma vez por mês o marido terá de passar por esse constrangimento.

Na realidade, o desconforto acontece simplesmente porque o cara não sabe o que está fazendo lá. Ele acha que só está no consultório para fazer o pix. Nada disso! O macho alfa está ali para proteger o que é seu. Um marido atento não pode confiar plenamente num sujeito que estuda anos de medicina para ter dezenas de mulheres à sua frente, de pernas abertas, sem precisar levar pra comer uma pizza.

O ginecologista é uma espécie de tarado com diploma. Normalmente, um cara que desde jovem era muito ligado em mulher, porém nunca teve uma cantada muito convincente. Compensou o recalque se esforçando por anos na faculdade e em incontáveis noites de plantão na emergência. Assim como o cérebro danificado em uma região busca outros caminhos para realizar certas tarefas, o ginecologista, impedido por timidez ou feiura exótica de chegar às mulheres, refaz seu caminho ao objetivo por meio acadêmico.

O consultório de um desses médicos é invariavelmente modesto, sem cair aos pedaços. A experiência mostrou que não se deve receber as pacientes numa espelunca por questões higiênicas, mas também não se deve ostentar, uma vez que, no Brasil, ganhar dinheiro com a periquita alheia é crime e pode dar cadeia. O que impressiona no lugar é como as mulheres conversam normalmente na antessala, como se nenhuma delas fosse passar por aquela porta e se despir para o primeiro ginecologista que vir pela frente.

O equipamento de que o ginecologista dispõe em seu consultório deixa no chinelo qualquer casa de massagem. Ali ele pode brincar de médico com todo o requinte. E tem licença para isso. A prova é que, se um cidadão comum decidir comprar uma cadeira ginecológica para dar umas olhadelas apenas na sua própria mulher, poderá ser internado num manicômio, no setor de graves desvios sexuais.

É comum o marido sofrer crises agudas de tensão quando a esposa anuncia a data da primeira consulta: hoje. Para deixar a coisa para a última hora, ele combina de se encontrar com sua mulher já no consultório. Furada. O plano só dá certo até o sujeito entrar na portaria. Ele torce contra, mas o elevador do prédio possui ascensorista. Portanto, todos ouvirão o macho solitário pedir o andar da clínica ginecológica.

— O que será que ele tem? Começou a menstruar? — comentaria um dos passageiros.

— Deve ter vindo acertar uma operação de troca de sexo. Essa clínica é muito conceituada no mercado — desconfiaria um terceiro.

A outra opção, falar no ouvido do cabineiro, não ia deixar nosso amigo bem na foto. A saída é mesmo saltar um andar acima da clínica e descer pelas escadas. Todo mundo vai saber que você é um calouro na clínica ginecológica, mas quem está ligando para o que os outros pensam?

O sujeito deve agir com naturalidade ao se deparar frente a frente com o ginecologista de sua mulher, mesmo que ela o consulte desde a adolescência. Esta cumplicidade atormenta a cabeça do indivíduo.

— Então esse cara sempre soube de tudo? — pergunta entre os dentes.

— De tudo.

— Da nossa primeira transa?

— Lógico, ainda mais que você andava tendo umas coisas estranhas no pau.

— E você contou pra ele??

— Contei, só que chamei de pênis.

— E você falou do meu desempenho?

— Não lembro. Mas ele deve lembrar. Pergunte você mesmo ao doutor...

É melhor não cultivar grandes intimidades com o ginecologista da sua mulher. É um cara que pode descobrir seus casos mais purulentos e divulgar para um bom número de mulheres...

Os homens não entendem por que uma mulher não escolhe uma ginecologista. Como acreditar numa pessoa sem útero quando ela diz que "não vai doer nada"? Alguém que pode confundir cólica com dor de barriga? Com tudo isso, não é a melhor hora para você questionar a escolha do profissional. Nem tente apelar para a sororidade. Expor suas inseguranças nesse momento só pioram as coisas.

Nunca faça mais perguntas que a sua esposa. Pode dar a impressão de que você não manja nada de mulher. Nem da sua.

SERÁ QUE NÃO QUEIMOU O CABEÇOTE... AÍ NÃO ACIONOU A VENTOINHA?

5.

É MUITO HORMÔNIO NA VEIA!

ANTES MESMO DE A BARRIGA DESPONTAR, a grávida apresenta sinais inequívocos do seu estado. Uma série de transformações invisíveis passa a ocorrer no corpo da mulher, obras de infraestrutura para instalação de um verdadeiro parque industrial. As mudanças são profundas e precisam ocorrer em pouco tempo. A fábrica tem de ser construída a toque de caixa, pois o produto está prometido para o cliente e o *deadline* já foi definido. A solução é encher a obra de peões e britadeiras para a coisa andar mais rápido. Agora imagine como fica o temperamento de uma pessoa que tem peões e britadeiras na barriga.

E isso é apenas o começo. Devido ao cronograma apertado, a fábrica entra em funcionamento com as reformas ainda em andamento. O corpo produz toneladas de hormônios e outras substâncias que servirão de matéria-prima para a confortável suíte que está sendo montada para o filhote. Ele vai ficar ali durante nove meses, sem contato com o mundo exterior, se alimentando e respirando através de um tubo, participando de uma espécie de reality show, transmitido ao vivo para o público nas sessões de ultrassonografia. Tudo isso acontece dentro da barriga.

O resultado do lado de fora é um indomável mau humor. Um simples deslize do marido, como uma toalha na cama, uma mijadinha na tampa do vaso, transtornará a criatura que vai vociferar no cangote do descuidado até arrumar uma desculpa melhor para se irritar. É a mais intensa e prolongada crise de tensão pré-menstrual que se conhece — e olha que falta quase um ano para a próxima menstruação!

O homem não tem ideia do que é uma gestação e do mal-estar que ela pode provocar. Traduzindo para o universo masculino, podemos comparar com uma feijoada que não bateu legal. Uma azia das brabas que se reveza com cólicas agudas, e sem poder tomar um sal de frutas sequer, tendo que segurar o tranco. Sendo todo processo regado por uma overdose de hormônios, a mulher não poderia se manter em seu juízo perfeito. A alteração do comportamento através de substâncias estranhas não foi invenção dos hippies nos anos 60. Desde o começo dos tempos que a mulher grávida, com seu organismo dependente de hormônios e aminoácidos, alterna estados de depressão e euforia, como se estivesse numa *rave*. O efeito colateral dessa experiência alucinógena é um ser com os nervos à flor da pele, fora de si, acusando muitas falhas no raciocínio. Por essa razão, não vemos uma grávida pilotando um Boeing. Também numa situação de perigo, como um sequestro, em que é preciso tomar decisões rápidas sob tensão, não se ouve ninguém gritar:

— Depressa, arrumem uma grávida para conduzir as negociações!

Tente contar uma piada a uma grávida. Ela não entende o final. Acredita-se que não consegue se concentrar em nada por muito tempo, o que faz sentido. O cérebro da gestante está assoberbado com as complexas tarefas para a formação de um bebê, não pode ficar perdendo tempo com piadinhas idiotas.

Segundo um neurologista americano, que prefere omitir seu nome para conservar a clientela, a grávida utiliza praticamente todos os seus neurônios no processo da criação, deixando apenas dois fora do projeto — o neurônio do choro e o responsável pelos esporros no marido. Estes dois têm carta branca para agir quando bem entenderem, independentemente do que esteja se passando. E eles gostam de atuar em dupla, copiando o manjado estilo policial bonzinho-mauzinho. O primeiro neurônio libera o verbo em cima da vítima, que é metralhada por uma sequência de palavrões e impropérios de tirar o couro; quando o coitado esboça resposta, o segundo entra em ação e um choro sofrido brota daquele ser até então selvagem e raivoso.

Muitos casais procuram médicos que tratam de disfunções hormonais, na tentativa de contornar as bruscas mudanças de temperamento e não pôr em risco a estabilidade da relação. Até hoje só foi possível resolver metade do problema — a metade masculina do problema que, para evitar os humores da gravidez, fica até mais tarde no trabalho. Quanto à mulher, não tem jeito mesmo.

6.

DESEJO OU VONTADE?

CERTA MADRUGADA, a mulher em estado de graça cutuca o marido, tirando-o do mais profundo sono. Ele precisa providenciar uma feijoada de jabuticaba e um sundae de berinjela com ketchup. Ele vai tropeçando pela casa às escuras, como um sonâmbulo, encontra a bisnaga de ketchup na cozinha e volta para a cama.

— Toma, querida. A feijoada e o sundae de berinjela estão em falta, mês que vem eu compro. Boa noite.

— Ei, espera aí! Você vai conseguir dormir me deixando acordada, insatisfeita, escravizada pelos meus desejos?

Pronto, finalmente ele apareceu. O desejo, um dos fenômenos mais controvertidos da gravidez. Estranho impulso de ânsia e carência da mulher que, segundo a lenda, deve ser prontamente atendido. Por que ele ocorre? Pode afetar a já instável harmonia do casal?

Ao contrário do que dizem, o marido não se aborrece com os desejos. De fato, até gosta, é um momento aguardado ansiosamente. É quando a gravidez começa de verdade. O sujeito pode se sentir útil naquela história, não um mero doador de espermatozoides. Sem contar que já estava ficando irritado por não ter uma boa história para contar. Não aguentava mais ouvir a descrição de um menu asqueroso cada vez que explicava a um pai veterano que sua mulher nunca teve desejos. Ele quer ter seu próprio menu asqueroso para dar inveja aos amigos. A patroa que não invente de comer uma saladinha verde na hora do desejo!

A mulher grávida não deve se limitar a ter desejo de comer coisas estranhas. É preciso escolher um bom horário, de preferência, de madrugada. É quando ninguém mais, além do futuro papai, pode resolver o problema. Que graça tem mandar a empregada dar uma corridinha até o mercado no meio da tarde? Não é preciso estar grávida para isso.

Um outro aspecto importante é o caráter de gincana. A gororoba deve sempre incluir variados itens que não são encontrados a menos de vinte quilômetros do apartamento do casal — o cara precisa ter o que contar no trabalho. Há um fator complicador na operação. A mulher não diz exatamente o que ela quer, ela descreve sensações, impressões, metáforas, ele que interprete. Ela pode tranquilamente dizer que tem vontade de comer um cobertor de lã temperado com pasta de dente. Cabe ao marido traduzir a mensagem e sair em busca de um carneiro ao molho de hortelã.

Os médicos até hoje não conseguiram explicar o fenômeno. Alguns acham normais os estranhos desejos das grávidas, já que elas estão comendo por dois e, às vezes, tentam conciliar os pedidos. O restante da comunidade médica está dividido: uma parte acha que é distúrbio psicológico, outra acha que é virose. Entretanto, muitos taxistas atribuem os desejos a uma necessidade fisiológica da grávida de testar o marido. A gravidez, quando se firma, emite sinais para o cérebro da mulher, cobrando dela um teste de obediência cega a ser aplicado no garanhão. O cara vai ser pai daqui a alguns meses, será que ele está ciente disso? Ela poderá contar com o seu apoio ou ele vai bater em retirada quando o bebê chegar? O preguiçoso que ronca ao lado está mesmo preparado para percorrer todas as farmácias da cidade em busca de funchicórea para a cólica do bebê? E fará tudo sem perguntar se essa porra funciona mesmo, se ainda tem farmácia aberta, se dá pra ser depois dos gols da rodada? A gestante não pode correr riscos, não pode ir para a mesa de parto com uma dúvida desse quilate. Ser mãe solo deve ser uma opção e não uma falta de. O sujeito tem que passar no vestibular, tem que sobreviver a uma simulação de incêndio.

Ainda que uma ou outra gestante seja possuída por desejos irrealizáveis, como a paz no Oriente Médio ou o Vini Jr. no Botafogo, o da maioria tem a ver com comida.

— Querido, eu estou com uma vontade estranha.

— Bobagem, amor, nenhuma vontade é estranha às três e dezessete da manhã. O que você quer?

— Não, não precisa sair da cama, não. Eu queria que você soltasse um pum debaixo da coberta.

— Como assim? Você detesta que eu faça isso!

— Deu saudade do cheiro.

— Tem certeza, amor? É que você não está lembrada, acho melhor não...

— Será que você não entende que eu não posso ser contrariada?

— Pois então, meu anjo, eu comi um angu que não desceu bem. Se eu me soltar aqui, aí é que você vai ser contrariada, vai por mim...

Nem todo marido sai satisfeito em busca do sonho de consumo da grávida patroa. Ficou conhecido em Mogi das Cruzes o caso de uma gestante que, depois de muitos rodeios, acabou por revelar seu desejo ao parceiro. Ela andava com vontade de comer uma coisa muito esquisita: o seu primeiro namorado que se assumiu gay. O marido saiu de pijama prometendo trazer a encomenda e nunca mais apareceu em casa, nem para ver se o bebê era a sua cara.

7.

O SEXO (OBA!) DO BEBÊ (AH, QUE SACO!)

EIS A PRIMEIRA GRANDE QUESTÃO que surge sobre um filho. Ele pode ainda não ser nada, apenas um degrau acima das amebas e os pais já projetam seus sonhos. A mãe vê no minúsculo feto sua bela bailarina, enquanto o pai tem certeza de que está gerando um centroavante para a seleção. Por mais que neguem, ambos têm suas preferências em relação ao sexo do bebê. E nem esperam que o rebento amadureça e faça suas próprias opções, atualmente cada vez mais complexas.

O marido deve ficar calado, na dele. Dá menos trabalho. Acontece de o sujeito preferir uma menina e depois, convencido pela esposa, acaba preferindo um garoto, já que ela prefere uma menina e alguém no casal tem que preferir um menino, senão dá azar... Por essas que muitos maridos preferem não preferir.

A mamãe muitas vezes acaba ficando em dúvida. Não sabe se quer uma menina para lhe fazer companhia no teatro e na hidroginástica, ou se prefere um menino para ir com ela ao estádio, pois o pai detesta futebol. Ora ela quer uma menina para ser rainha de bateria, ora um menino para ter com quem tomar um chope, já que o pai não bebe. Ela pode sonhar com uma menina simplesmente para ter uma herdeira para sua penteadeira Luís XIV, com um menino, que além de herdar a penteadeira Luís XIV, vai lhe fazer companhia até o fim da vida.

Já o pai só tem um critério: o econômico. Se sai mais barato criar um menino, para que estourar o orçamento tendo uma menina? Quando se trata de macho, a economia com roupinhas no começo da vida e creminhos no final é bastante significativa, sem contar o papel higiênico do pipi, durante. O custo de manutenção de uma princesa é altíssimo, a ponto de a família real inglesa ter-se livrado da Lady Di para escapar da falência. Por isso, ao acordar de madrugada para ver sua mulher trocar a fraldinha da encantadora nenê, o marido olha aquela gracinha e conclui que precisa arrumar mais dois empregos.

Do ponto de vista do pai, os cuidados com a educação diferem muito de um filho para uma filha. Quando o filho faz cinco anos, pode ir de ônibus sozinho para a escola; aos sete, o pai já pode arrumar-lhe um emprego e começar a mostrar ao garoto como é que a banda toca. O menino precisa ser moldado para sobreviver a essa selva que é o mundo.

Ao contrário da menina que, segundo as normas de uma educação conservadora e ultrapassada, deve ser muito mimada. Só um pai abastado prefere de antemão uma menina. Se o sujeito está bem de vida, nada melhor do que uma gatinha para que ele possa lhe comprar os vestidinhos mais modernos e mais caros.

Em contrapartida, a educação da menina, para o pai, é muito mais tranquila. Quem vai educar a menina é a mãe. Ele não terá nada de fundamental a dizer quando sua filha menstruar. O papel do pai é fazer todos os desejos da menina que estiver ao seu alcance, torná-la cheia de vontades, dengos e manias, de forma que nenhum picareta consiga aturar. O sujeito que se engraçar com ela no futuro terá uma figura difícil pela frente, meticulosamente estragada pelo pápi. Em resumo, a função do pai é construir o máximo de barreiras e obstáculos para defender sua filha de indivíduos como ele.

Enquanto a maioria dos pais fica apreensiva, existem uns poucos otimistas que nem se envolvem com a questão. Como o caso de um pai que acabara de anunciar a gravidez da sua esposa. Perguntado por amigos o que esperava do sexo do bebê, ele respondeu na lata.

— Espero que seja de boa qualidade e com a garota mais gostosa do berçário!

ULTRASSONOGRAFIA: A MEDICINA IMPRESSIONISTA

Independentemente das pretensões de cada um, o casal precisa saber o sexo da criança para pintar o quarto de azul ou de rosa. E ser cancelado nas redes sociais. Antigamente, os casais lançavam mão de mandingas e superstições, como a da grávida que, vendada, sentava-se no garfo, caso o bebê fosse homem, ou na colher, se fosse mulher. Se a barriga for redonda, é uma menina fofa, se for pontuda, é um garoto avantajado. Alguns pais, sem saída, recorriam a *bookmakers* do Jóquei Clube para saber quem ganhou o último páreo. Se foi uma égua, ia nascer uma garota, se foi um cavalo, então seu filho era macho. Acabava prevalecendo a genética e nascendo mais um burro.

Hoje em dia, o casal pode contar com a ajuda da ultrassonografia para aumentar suas dúvidas a respeito do sexo do bebê. É um exame aguardado com grande ansiedade pelo casal e pelo pintor do quarto. Os grávidos entram na clínica sonhando ver as feições do bebê, com quem ele se parece, o que está fazendo agora. E tudo com que se deparam é um borrão desfocado. Geralmente, o casal ainda manda gravar aquelas imagens impossíveis de se decifrar. O profissional tenta convencê-los de que aquele minúsculo reflexo na tela é o pinto do filho.

— O senhor tem certeza, doutor? No outro exame, o senhor jurava que era uma menina.

— Mas a imagem é clara, minha senhora.

— Que história é essa de clara, doutor? O moleque é um negão como eu!

— Calma, meu senhor.

— Meu marido tem razão, doutor.

— Meu amigo, isso é ridículo! Estamos falando de um pênis de 0,8 milímetros, não vale a pena se estressar por tão pouco...

— O senhor fala que o meu filho tem um pau de 0,8 milímetros e ainda acha que eu tenho que ficar calmo? Eu vou é quebrar tudo!

— Olha aqui, conseguimos ver o perfil do bebê... — despista o doutor.

— Isso não é a bundinha dele?

— Cala a boca, homem! Deixa o doutor falar.

— Amor, ninguém está vendo nada ali. Esse cara não pode nem garantir que essa é a sua barriga mesmo.

— Como é que você pode ser tão ignorante, homem?

— É isso aí. Ninguém me garante que isso não é uma gravação que está passando agora.

— Não seja tão estúpido na frente dos outros, querido. Essa aí só pode ser a minha barriga.

— Como assim, você está reconhecendo? Viu a janta de ontem? Tem algum sinal de nascença que identifica a sua barriga por dentro?

— Tem. Esse sinal vem a ser o nosso filho!

O choro convulsivo da mulher ensina ao marido nunca mais levar tão a sério suas dúvidas a respeito de ultrassonografia. Para provar que a ama, ele pede uma cópia do exame. Mas ela só acredita se o cara compartilhar o vídeo no grupo da pelada. Na íntegra.

BENHÊ? POSSO VER O O JOGO DE FUTEBOL?
AGORA NÃO! ESTOU ASSISTINDO A ULTRASSONOGRAFIA!

8.
XINGANDO SEU FILHO

É PRECISO PENSAR MUITO ANTES de se tomar uma decisão que vai pesar para o resto da vida. A escolha do nome de um filho é uma dessas. A diferença é que é o resto da vida do seu filho. Ele carregará com orgulho, desprezo ou vergonha o nome que os pais lhe derem. É muita responsabilidade e motivo de tensão para o casal. Ao escolher o nome do neném, eles podem estar inaugurando uma longa lista de traumas e abrindo as portas para uma série de terapias para a criança. Na tentativa de dividir a culpa, os pais pedem conselhos a amigos e parentes, fazem listas de nomes que detestam (todos) e de nomes que adoram (nenhum), se inspiram em novelas, filmes, na música mais tocada, no artilheiro do Brasileirão, até no nome do amante, sem que o corno saiba. Na realidade, todas as iniciativas acima partem da mulher. O pai tem uma ideia mais simples, vai à banca da esquina, compra o livro "Xingando Seu Bebê" e chega em casa como quem resolveu a parada.

— Tá aqui, meu amor, o que a gente precisava.

— E a gente precisava exatamente de quê?

— Ora, de um livro com nomes de bebês!

— Por acaso, você está me achando uma retardada que não conhece nomes? Está querendo dizer que eu sou uma troglodita que não lembra o nome das pessoas da família, do trabalho, dos vizinhos, das ruas do bairro?

— Nome de gente velha? A criança pode nascer com dor nas juntas.

— Deixa pra lá, me fale desse seu livro. Você já tem alguma sugestão?

— Peraí, vamos com calma! Eu já comprei o livro, agora você lê e escolhe o nome. E a divisão de tarefas, como é que fica, pô?

Em qualquer discussão de um casal, sobre o nome do bebê, o marido procura se esquivar de fazer diretamente uma sugestão. Ele sabe que uma simples sugestão na trave será relembrada no meio de uma briga, quando o garoto estiver com 13 anos.

— E o seu pai, que queria que você se chamasse Agapanto! Você sabia disso, meu filho?

— É verdade, pai?

— Bem, filho...

— Só responde uma coisa, pai: é verdade?

— É.

— Aumento de mesada a-go-ra!!

Um fenômeno curioso vem acontecendo recentemente. Enquanto a alta sociedade batiza seus filhos de João, Maria ou Pedro, o povão está preferindo nomes incrementados, como Everson Gledson, Ingrid Kelly Evelyn ou Peterson Eisenhower. Em resumo, os pobres, que antes se chamavam João, Maria ou Pedro, resolveram colocar seus herdeiros um degrau acima na escala social. O salário é baixo, mas dá para umas extravagâncias, como botar um nome de rico no seu filho. O problema é que os ricos passaram a botar nome de pobre em seus filhos para despistar os sequestradores e a Receita Federal.

Antes da invenção da ultrassonografia, o casal só escolhia o nome depois do nascimento. De certa forma, isso facilitava as coisas, o pai tinha mais tempo para pensar no assunto, não precisava dar uma sugestão na saída do exame. Também era muito fácil descobrir quem recebeu o nome antes de nascer, eram os Iraci, Guaraci, Juraci, pessoas cujos nomes são bi. Hoje em dia, pouca gente, mesmo sendo bi, tem esses nomes.

Meses depois, o marido reencontra o livro "Xingando Seu Bebê" que ele havia escondido envergonhado da mulher. Pela primeira vez, abre o livro. E descobre que o livro não é uma simples lista de nomes, ele também traz o significado deles. Um novo horizonte se descortina. O pai mergulha na busca do nome com o significado mais adequado. Se você quer que seu filho seja sadio, com boa saúde, ele pode se chamar Hermógenes ou Higino; se o casal já sabe que é uma menina e deseja que ela seja uma figura ilustre, basta chamá-la Aristocleia. Uma filha doce como mel? Melitina. Seu filho, um homem potente? Ejaculácio.

Depois de muito folhear o livro, o pai desiste. É como procurar no dicionário uma palavra que você não sabe qual. Finalmente, o pai encontra a solução. Resolve que vai registrar o filho com um nome provisório. Quando o Provisório aprender a ler e escrever, o Provisório que vá ao cartório e que mude o seu nome para o que quiser.

9.

SEXO NA GRAVIDEZ

UMA QUESTÃO AFLIGE TODO CASAL que pensa em ter filho sem abrir mão de umas macetadas. Existe uma crença popular de que a mulher deve fechar para balanço durante toda a gestação e nem sequer pensar no que a deixou naquele estado. Há os que defendem a suspensão imediata das atividades no primeiro teste positivo. Independentemente de teorias, muitas grávidas tentam manter uma vida sexual saudável com seu parceiro. O problema é que, para muita gente, ou a vida sexual é saudável ou é com o seu parceiro.

— Querido, desde que eu fiquei grávida, você nunca mais quis transar comigo...

— Eu? Que é isso! Só não forcei a barra porque achei que não era o caso...

— Você tem que admitir que anda sem vontade de transar comigo.

— Não é nada disso. É que eu não quero atrapalhar.

— Como assim, atrapalhar?

— Eu prefiro não falar sobre isso, sei que é besteira.

— Se é besteira, por que a vergonha de contar pra mim?

— É porque é besteira, mas eu acredito, portanto, não preciso te dar um motivo pra você me achar um imbecil.

— Mas eu já te acho um imbecil!

— Tá bom, então eu vou dizer. Eu vejo o nosso filhinho, desde a primeira noite, como uma coisinha muito preciosa que está se desenvolvendo dentro da sua barriga. Ele precisa de abrigo, de um ninho aconchegante, quentinho e tranquilo, não de uma piroca adentrando aos solavancos e repuxos, provocando uma turbulência digna de Triângulo das Bermudas...

— Você não está com medo de acordar um óvulo recém-fecundado, está?

— Eu quero um filho sem traumas, entende? Eu não quero que ele descubra, anos mais tarde, na análise, que tem horror a sexo porque sua mais tenra imagem é a de um cabeção do tamanho da anaconda que entrava e saía seguidas vezes até chegar bem pertinho e cuspir assustadoramente...

— Querido, veja pelo lado positivo: ele pode nascer com horror a pau. É uma chance de não ser viadinho que nem o pai.

Ela apaga a luz e encerra o papo.

— Só uma coisinha. Essa anaconda não passa de minhoquinha da terra, não assusta ninguém. Boa noite.

SEXO NA GRAVIDEZ DEVE SER PAPAI-MAMÃE?

A preocupação com a formação do bebê é normalmente excessiva. Quando a barriga começa a despontar, os dois se questionam se, quando estão transando, não estarão contribuindo para seu filho ser um compulsivo sexual, já que o pimpolho pode nascer cheio de ideias e com alguma vivência no assunto, como voyeur de um ângulo privilegiado. Alguns casais preferem correr o risco e continuar transando, desde que apenas na posição papai-mamãe. Consideram que é o máximo a que um casal decente deve chegar, na presença de um filho. Eles não percebem que o bebê está lá dentro, pouco se lixando para o que está acontecendo do lado de fora. Ele não vai ver nada, e se visse, não teria para quem contar.

O problema de passar a noção de um sexo sadio e comedido, desde o tenro começo, é que o pequeno não consegue distinguir um burocrático papai-mamãe de uma complicada posição do kama sutra. Depois da penetração, o pau dificilmente muda seus hábitos, fica naquele entra e sai até gozar. E essa é a parte da trepada que o bebê pode acompanhar. Portanto, o melhor é aproveitar para realizar as mais bizarras fantasias que lhe passar pelas cabeças. A sugestão de obstetras e sexólogos é que o casal, nessa fase, experimente todas as posições sexuais que tiver vontade, de violino chinês à porta giratória. Quando a criança nascer, por um bom tempo só vão poder transar numa posição: de ladinho, balançando o berço.

Quando a gravidez avança, o sexo se torna um jogo de paciência e contorcionismo. A barriga vai dificultando o acesso e, se o parceiro for também ligeiramente grávido, eles só conseguem a proeza da penetração com a consultoria de um especialista em geometria. Certos casais mais cautelosos passam a praticar o sexo somente na presença de um fisioterapeuta. Muitas vezes, quando o marido está certo de que a mulher está gozando, acaba descobrindo que ela estava gemendo de câimbra na perna.

Apesar dos inconvenientes, os casais não se cansam de tentar se adaptar às novas circunstâncias que transformaram uma mera trepadinha num esporte radical. Tem pai que se orgulha de não ter deixado faltar nada para a patroa durante toda a gravidez. É famoso nas maternidades do Rio o caso de um marido na sala de parto que, ao ver nascer seu filhinho sebento, não se conteve.

— Ih, doutor, o moleque nasceu todo lambuzado! Foi mal, aí... É que a gente tava vindo pra cá, aí foi pintando um clima e... o senhor já viu o motelzinho que fizeram ali na esquina? Que espetáculo!

10.

MEDIDAS PROVISÓRIAS

PODEMOS DIVIDIR A GRAVIDEZ EM DUAS ETAPAS. Na primeira metade, a mulher reclama a falta da barriga; durante a segunda, ela reclama da barriga. E a mudança não se dá de forma gradual. Certa noite, se arrumando para uma festinha, o marido se depara com sua mulher lutando para entrar numa antiga calça jeans que realça a bundinha. Ela não está mais pedindo para a barriga crescer, mas sim que ela encolha e entre na calça. Cai a ficha: a gravidez não lhe favoreceu esteticamente. A troca de roupas se estende por algumas horas. No final, a mulher desiste da festa porque a única peça no quarto que lhe caiu bem foi a cortina. É muito comum uma pessoa encontrar-se com uma amiga de barriga e, sem lhe ocorrer coisa melhor, dizer que ela está linda para uma grávida. Ela bem que tenta, mas não consegue esconder a decepção.

— Como assim, "para uma grávida"? Então eu estou numa categoria à parte do resto das mulheres, na segunda divisão? Agora só disputo com outras barrigudas de pés inchados? Não, você não está me achando nada linda, só fala isso pra eu me conformar. Nos próximos meses, eu vou ser mesmo confundida com essa enorme mocreia que cresceu em torno de mim!

— Peraí, eu só falei que você está linda, mas eu retiro, numa boa.

O que mais a irrita é não conseguir manter uma gravidez de capa de revista, é ter certeza de que, se for clicada para a *Pais & Filhos*, nenhum mecânico vai colar a página na parede da oficina. Acontece que, na vida real, tem um cara lá dentro que não está nem um pouco preocupado com as questões estéticas da mamãe. É um parasita que passa a mão em todos os nutrientes que circulam na região. O resto, ele joga fora na forma de estrias e celulites.

Existem várias correntes de pensamento estético. A estética histérica reza que, ao primeiro sinal, a grávida deve entrar em dieta rigorosa, massagem, hidroginástica e evitar tudo o que lhe causa estresse, como o emprego e o marido. Na outra ponta, muitas mulheres adotam a estética cética, em que nenhum sacrifício vale a pena, a fase já é muito sacrificada para ficar passando privações. Relaxadas e sem culpa, elas caem de boca no que veem pela frente, convencidas de que, por mais que se esforçassem, não iriam fazer nenhum sucesso ao passar em frente a uma obra. Aderem ao lema "meu corpo, minhas regras" e acusam os *haters* de gravidofóbicos.

Hoje em dia, vemos as grávidas cada vez mais integradas à sociedade. Ainda que não passem na roleta do ônibus, elas conseguem manter uma vida movimentada. Muitas grávidas estão formando grupos de apoio para que possam trocar experiências. Nessas reuniões, uma gestante da alta roda descobre como usar a barriga como mesinha de centro, na hora do chá, enquanto outra, mais engajada, disposta a realizar trabalhos sociais, aprende como abrigar com seu vestido uma família sem-teto. Tudo para esquecer os problemas estéticos que podem levar a uma depressão que se arrasta pela gestação e só acaba quando o marido pagar uma boa lipo.

11.

DIGA AO POVO... QUE PARTO!

O CASAL VIVE O MOMENTO IMINENTE, o limite, o quase, o grande clímax prestes a acontecer. Está chegando a hora de inaugurar o quarto do bebê — e de pagar o pintor. É o fim das suposições, o fim dos rodeios, todo mundo vai poder conhecer já a figurinha. Chega um momento em que o casal quer toda a beleza e magia da gravidez como coisa do passado. E não só o casal, mas todo mundo que cerca o casal. Às vésperas do nascimento, o marido não pode mais atender o telefone.

— Já nasceu?

— Ainda não.

Fica aquela sensação de desapontamento. As pessoas tendem a ser educadas, a se conter nessas situações, mas isso não impede o marido de ouvir:

— Como é que é, tua mulher ainda está grávida?! Que saco, coisa mais sem assunto! Me liga quando tiver uma novidade.

Esse é um dos motivos que levam um pai a querer ardentemente ir para a maternidade. Ele quer fugir dos amigos, se esconder da família, ser esquecido pelo chefe. A casa de saúde é um bom esconderijo, se a família não ficar sabendo. Todos querem ser os primeiros a chegar no hospital, ter o prazer de receber o casal com cara de "onde vocês se meteram, estamos aqui há um tempão". Para isso, fazem de tudo para monitorar as contrações. Vizinhos inescrupulosos aceitam propinas para passar informação quente sobre o estado da grávida. Disfarçar as últimas contrações da esposa para os vizinhos é ainda mais difícil do que ser educado ao telefone. Para preservar a privacidade, certos maridos costumam ouvir um som em alto volume para neutralizar os urros da mulher. Mas esse problema só tem uma saída: pela porta dos fundos, sem falar com ninguém, em direção à primeira maternidade que aparecer no caminho.

A hora do parto é um momento muito especial. Hoje em dia é raro o pai que deixa de assisti-lo, mesmo se borrando todo. E ele tem razão em se borrar, afinal, dentre todos na sala de parto, o maridão é o mais despreparado. O obstetra, o anestesista e o pediatra estudaram para estar ali, a mãe está há nove meses só pensando nisso, enquanto o pai chega à maternidade pronto apenas para estacionar o carro e acender um charuto no fim do episódio.

A situação começa a se complicar quando o sujeito é levado para vestir roupa de médico e acaba ficando mais parecido com um bebê gigante. Em seguida, os médicos o chamam para um cafezinho na copa deles para rir de seus trajes e enfrentar mais descontraídos a função. Aos poucos, os especialistas vão-se dirigindo à sala de parto e ninguém se lembra de chamar o pai, um mero espectador, o que é compreensível: eles têm coisas mais sérias com que se preocupar. Se o sujeito consegue, por conta própria, descobrir nos labirínticos corredores a sala de parto, chega nervoso, com medo de ter perdido o show, se posiciona, ao lado da mãe, atrás do gol e aguarda. Se o pai for razoavelmente alto, consegue ver o que estão fazendo na sua mulher lá atrás da cortina. Se for baixo, ele vê apenas o rosto da esposa e a cortina. Mas se o cara for do tipo que desmaia à toa, ele só verá os sapatos brancos da equipe médica.

Até que, finalmente, o bebê entra em cena. Apesar da importância do evento e mesmo sendo o centro das atenções de uma ocasião tão esperada, o bebê não se preocupa em se apresentar condizentemente, surge sebento e ensanguentado. Já no primeiro segundo a expectativa: será que ele vai chorar? Quanto tempo vai levar para soltar o primeiro choro? O pai se ajoelha e pede aos céus para ouvir logo a manha. Dias mais tarde, o mesmo pai voltará a se ajoelhar e rogar aos céus, desta vez pro menino (ou menina, ou...) parar de chorar.

O impressionante é que aquela criança estava inteirinha ali dentro da barriga. Quando ela sai, não é preciso montar as partes, nem formatar ou configurar, os bebês são máquinas do tipo "plug and play". Feitas as inspeções de rotina, o recém-nascido é levado para um lava a jato, depois é embalado numa trouxinha para presente, um buquê mais complicado que nó de marinheiro. Tudo deve ser acompanhado de muito perto pelo pai, se recuperado do desmaio. É a única forma de se livrar da paranoia da troca de bebês. Não há como instalar um alarme, uma tranca ou um segredo na ignição. Alguns pais chegam a levar para a sala de parto uma algema escondida no bolso, outros chegam a torcer para ter um filho bem feinho para não dar ideia a ninguém. Um pai corrupto tentou repassar sua tornozeleira eletrônica para o recém-nascido.

Existem sempre muitas dúvidas a respeito de quem a criança herdou o narizinho, o queixinho, a orelha ou o duodeno. No caminho de volta ao quarto, a pergunta que não quer calar: é a cara do pai ou a cara da mãe?

— Nosso filho é mesmo a minha cara, né? — afirma o pai, orgulhoso.

— Sua cara? Você tá é cego! Ele é a cara da mamãe aqui — rebate a mãe, cheia de dores.

A discussão vara a noite. Amigos sustentam que o bebê não nasceu nem a cara do pai, nem a cara da mãe. Ele veio ao mundo mais parecido com um joelho.

— Mas é o joelho da mãe cuspido e escarrado!

— Isso não, ele é a cara do joelho do paizão aqui, ó...

Se os pais conseguissem ser imparciais, veriam que seu filho se parece mesmo é com o bebê do quarto ao lado. O pai preto fica bolado ao ver o menino de pele mais clarinha. A mãe mostra a ponta dos dedos da criança e manda o marido relaxar.

— Deixa a melanina fazer a parte dela, Tião.

Na primeira noite como pai, o sujeito, por mais inútil e imprestável que seja, tem a sensação do dever cumprido. É hora da merecida soneca, talvez a última tranquila, plena, realizada. Depois de nove meses aturando calado sobressaltos e frescuras, ele também precisava descansar e a maternidade seria o lugar ideal, já que em casa não ia poder contar com um quadro de pessoal tão numeroso. Na falta de um leito hospitalar redondo com espelho no teto, o que eles reservam para o repouso do guerreiro reprodutor? Um sofazinho meia bunda ao lado do leito da mãe. Aliás, o sofá meia bunda das maternidades retrata bem o papel que o pai tem ali. Tem mais é que ficar calado no seu cantinho sem dar alteração. Alguém aí já viu um pai na maternidade reclamando da noite maldormida, do desconforto?

— O quê? Desconforto? Dores? Quer trocar comigo? Eu durmo no sofá e você pede pra darem uns pontos na sua barriga! — reagirá a mãe, com um canivete na mão, ao ouvir o pai pensando alto.

Num clima desses, quem vai se sentir à vontade para falar da comida do hospital?

Se o pai pretende desmaiar na sala de parto, é melhor subornar um dos médicos da equipe. Nenhum plano de saúde cobre esse tipo de mico.

12.

NASCEU. E AGORA?

QUANDO TUDO PARECE ESTAR RESOLVIDO, quando a situação começa a ficar sob controle, quando o pai se convence de que ter filho não é tão complicado assim, ele é obrigado a tomar uma decisão drástica. O novo pai e sua novíssima família têm de deixar o quarto. Sim, ele esqueceu que não estava num hotel, que tinham ficado na maternidade por ser o único lugar que aceita que se hospedem duas pessoas e saiam três.

Aí vem a questão: para onde levar o bebê? Como uma equipe médica pode ser tão cruel a ponto de desalojar uma frágil criatura e sua mãe? Já não basta a mãe ter de amamentar o próprio filho por falta de melhor opção alimentar para os bebês numa maternidade? Dizem que é mais nutritivo, mas não será porque os planos de saúde não cobrem as primeiras refeições?

Na tesouraria, o pai tenta argumentar com a funcionária fria e insensível que não sabe o que é ter um filho. Não tem jeito. Ela não aceita que eles fiquem. O negócio é acertar as contas e levar a criança para um local seguro e familiar. E o lugar mais seguro e familiar que ocorre ao pai naquele instante é a casa do pediatra. O pediatra que assistiu o parto é a pessoa mais indicada para dar todas as dicas, conhece a fundo a matéria. Também é a pessoa mais indicada para dar o primeiro banho, trocar a primeira fraldinha, botar a criança para arrotar, enfim, tudo.

O problema de levar o bebê para a casa do pediatra é que ele nem sempre concorda. O casal acaba mesmo carregando o bebê para a própria casa. A mãe não se contém de alegria na saída da maternidade. O primeiro motivo é a liberdade. Depois de quatro dias reclusa, sem ver a luz do sol, a mãe, claudicante e estropiada, mais parece que acabou de cumprir uma pena de quinze anos no Talavera Bruce. No entanto, a maior satisfação da mãe nessa hora é poder falar com todo mundo que encontra.

— Eu sou mãe! Eu sou mãe! Ei, você aí, não vai elogiar meu filho? Fala a verdade, não é o bebê mais lindo que você já viu? Se não for, não precisa falar a verdade...

Muitos homens não conseguem convencer as esposas a entrar no carro, elas preferem voltar para casa de ônibus para espalhar melhor a novidade.

Mesmo que a maternidade seja a poucos metros da casa do casal, o trecho se torna longo e perigoso, uma verdadeira aventura. É quando o pai percebe como as ruas estão esburacadas, como as pessoas buzinam, como a cidade está cheia de quinas, de obras, de passarelas que podem cair a qualquer momento. A impressão é que combinaram criar todo tipo de risco para o seu neném.

Ao chegar em casa, papai e mamãe se lembram como saíram por aquela porta da última vez. Estavam indo para o ensaio da Mangueira se despedir da vida sem filhos. Dançaram a noite inteira. Na oitava caipirinha, a mulher começou a sentir as primeiras contrações, mas custou a se convencer, tinha quase certeza de que os tira-gostos não bateram bem. Nem deu tempo de passar em casa para pegar a malinha. Muito menos lavar as louças, varrer a sala e dar um jeito no mafuá que estava a casa naquele dia. Pois agora, além de arrumar a casa, eles precisam descolar um canto para o novo hóspede que não pretende ir embora tão cedo. Pelo contrário, essa nova geração não abandona o ninho antes dos 30 anos. E depois, continua voltando pra pegar a mesada — até os 45 anos, mais ou menos.

Ao colocar o bebezinho no berço, ele se sente em casa. Ferra num sono profundo que dura horas. E deixa os pais desapontados, que queriam mostrar-lhe a casa, apesar da bagunça, apresentá-lo à Vadia, a cachorrinha da família... Mas a microgente só quer saber de mamar e dormir. Alguns pais chegam a duvidar se ele não estaria triste por ter se afastado dos amiguinhos de berçário, da resenha que rolava nas madrugas, da azaração. O casal chega a discutir se não deveria ter anotado o zap dos pais dos outros bebês para manter contato e preservar as primeiras amizades pela vida afora. Mas logo se convencem de que é besteira. Aqueles bebês nasceram todos no mesmo dia, nunca vão aparecer numa festinha de aniversário do Júnior...

13. VISITA, ETERNA ENQUANTO DURA

O PAI PRECAVIDO E PLANEJADO já sabe que suas despesas vão aumentar extraordinariamente com a chegada da cegonha. Mas, ao contrário do que imagina, seu ordenado não vai desaparecer por conta de fraldas e tubos de pomadas. Nada disso, o sujeito vai à míngua comprando papinha para o turbilhão de visitas a que o jovem casal passa a dar abrigo. São salgadinhos, docinhos, doces, bolos, tortas, sempre acompanhados de cafés, refrigerantes, cervejinhas e caipirinhas, enquanto o pobre bebê, só no peito. Visto de longe, o apartamento parece estar recebendo exilados de todas as guerras, a sala se transforma num acampamento de sem-terra. A alegria do ingênuo casal impede que se veja a pura e cristalina verdade: ninguém está ali para ver um recém-nascido que passa 25 horas por dia dormindo. Muitos não se dão ao trabalho de dar uma espiada no quarto para disfarçar. Vão direto à caixa de charutos, dali partem para a cozinha para dar uma espiada no bolinho de bacalhau que acabou de nascer.

Aqueles mais educados ou, quem sabe, mais culpados, disfarçam o desinteresse puxando um papo com mãe sobre o estado do bebê. No entanto, eles disfarçam muito mal, pois não se dão ao trabalho de variar as perguntas.

— Ele nasceu de que tamanho?

— Ah, parecia neném de novela, enorme, nasceu pesando... – tenta responder a mãe.

— Sei, sei... — interrompe o visitante. — Mas diga, foi parto normal ou cesariana?

— Ia ser normal, mas aí...

— Olha, não precisa entrar em detalhes não, tudo bem. Só me fala uma coisinha: qual é a janta hoje? É que eu vim direto do trabalho...

Quando a visita passa muito tempo na casa, ganha intimidade e conquista o direito de encher o saco não apenas dos pais, mas também do pequeno dorminhoco.

— Essa criança vai ficar dormindo o tempo todo? Tô desde anteontem aqui e ainda não vi a cor dos olhos do bichinho. Eu vou sacudir o berço um pouquinho pra ver se ele acorda, que eu tenho pressa.

— Vai embora? — pergunta o pai.

— Tá louco? Agora que saiu a janta? Eu só não quero é pegar a rapa.

Apesar de pouco relatadas na literatura médica infantil, situações como essas são muito frequentes. Houve há tempos o caso de um pai sovina que, desesperado com o dinheiro indo embora para alimentar as visitas, numa decisão inédita, obrigou todos os famintos a revezar com o bebê para mamar no peito da patroa.

A MÃE DA MÃE

Um tipo muito especial de visita é a da avó. Mas não a de qualquer avó, e sim a da avó materna, a poderosa, a única pessoa no mundo que manda na sua esposa. Se alguém lhe disser que ela veio fazer uma visita, vai receber um carinhoso pé nos peitos. Ela nunca visita, ela é de casa. E não se considera mais sogra, ela agora é a mãe da mãe, por isso tem uma espécie de passaporte europeu que a faz ignorar as filas para ver o netinho, para entrar no banheiro, no quarto do bebê, no quarto do casal, em todos os cômodos da casa a qualquer hora.

— O que é isso! Como é que vocês dois ainda estão de sacanagem na cama? A criança está se esgoelando no outro quarto! Será que só eu que cuido dessa criança, meu Deus? Você aí, bota essa criança pra dentro do pijama, fecha a braguilha e vamos trabalhar!

Nos primeiros dias de vida do bichinho, todas as dicas e sugestões da mãe da mãe são acatadas pela mãe. Com o passar do tempo, a mãe vai percebendo que cuidar do seu filho não é nenhum bicho de sete cabeças (se for menino, são só duas) e começa a querer ganhar autonomia de voo. Acaba entrando em rota de colisão com a avó.

— Não, minha filha, não é assim que uma mãe deve segurar o bebê.

— Ora, mamãe, que conversa é essa? Eu estou fazendo exatamente como a senhora!

— Mas eu sou a avó, por isso eu seguro assim. Você, que é mãe, não pode acostumá-lo tão mal...

— Não enche, mãe, eu sei como cuidar do meu filho, não é tão complicado assim. Até a senhora conseguiu!

— Quem disse que eu consegui? Olha aí você, o resultado foi um desastre!

Se há uma coisa que irrita o pai, é que a sogra está sempre bem disposta, pronta para ajudar, basta dizer o que é preciso. Se o marido, porém, diz que é preciso que ela vá embora, ela finge não ouvir e não colabora. Para ficar mais perto da filha, a vovó se muda para o quarto do casal. O marido também quer dar uma força e propõe se mudar para o quarto da empregada e assim deixá-las mais à vontade. Mas a nova mamãe, longe de uma forma esbelta, está muito insegura para ouvir esse tipo de proposta e responde com a babá eletrônica na testa do sujeito.

14.

ACERTANDO OS PONTEIROS

VOLTANDO A FALAR DA FIGURA PRINCIPAL deste complicado quebra-cabeça: o bebê. Existem muitos estudos sobre essa fase, talvez o período da nossa vida mais relatado em livro. Por uma razão muito simples: os pais de primeira viagem, público-alvo de toda essa literatura, acreditam em qualquer coisa que leem sobre bebês. Eles partem do princípio de que se alguém se dispôs a escrever um livro dando dicas, certamente sabe que seu filho corre perigo em suas mãos.

O doutor Spock Delamare, autor de "Seu bebê: do berçário à faculdade", é o único escritor que conseguiu vender mais livros que o mago Paulo Coelho. Tudo isso graças ao grande propulsor da economia que é o casal de primeiro filho. Eles estouram seus orçamentos, declaram falência, sujam o nome no SPC, tudo para comprar qualquer coisa que lhes empurram com uma tarja bonitinha, em letrinhas infantis: "para o seu bebê".

Quem é esse sujeitinho que apareceu na casa, ninguém sabe. Como é o pequeno, de que lado gosta de ser posto no berço, se prefere vomitar no ombro direito ou esquerdo... são perguntas que atormentam o casal numa madrugada maldormida e que leva o pai outra vez à livraria depositar mais algum na conta do doutor Spock Delamare.

Ninguém pode definir os hábitos de um neném de três dias. Fala-se da rotina do recém-nascido como se este fosse um chato de 60 anos com TOC. O moleque apenas acabou de chegar! Como não havia um relógio de parede no útero da mamãe, o bebê acabou fazendo seu próprio fuso horário. Assim, se ele nasceu, digamos, às cinco da tarde de domingo, pelas contas do neném, já seriam nove da manhã de segunda-feira. E que segunda-feira! Talvez a segunda-feira mais conturbada do casal. E não vai dar para faltar, o bebê não aceita atestado médico nem da mãe recém-parida, operada, com alguns hematomas e traumatizada porque saiu horrível na primeira foto com seu filho (para evitar isso, alguma maternidades já contam com uma equipe de maquiadores e *hair stylists*).

É mais ou menos como se o pequeno vivesse na Nova Zelândia. Ele passará a noite e boa parte da madrugada em plena atividade, indo se deitar (quer dizer, indo dormir, já que está sempre deitado) às sete da manhã. Essa confusão de horários permanecerá pelo resto da vida, é melhor o casal ir acostumando. Na adolescência, quando, para os pais, forem cinco da madrugada, para o filho ainda serão nove da noite.

A tentativa de fazer tudo certinho com o primeiro filho leva os pais ao desatino. Já é prática corrente a conversa com o filho quando este é apenas um feto de três semanas. O pai se debruça no barrigão da mãe, estabelece que o umbigo agora é um celular e, imediatamente, passa a dar ao bebê as primeiras noções de caráter e cidadania. Alguns mais objetivos preferem um papo mais prático e útil.

— Filho, escuta o paizão aqui, que essa região aí embaixo eu conheço bem. Olha, faz o seguinte, quando você sair, sai com calma, com jeitinho, sem pressa, você tem a vida inteira pela frente... Não vem todo estabanado, fazendo barbeiragem não, senão eu te pego aqui fora!

Outro fato que intriga o recém-pai e a recém-mãe é por que o bebê chora tanto. Tirando o fato óbvio de ele não dominar nossa língua, apesar das sopas de letrinhas que a mãe tomou durante a gestação, os bebês choram principalmente porque não precisam ser simpáticos com ninguém. O bebê estava numa boa na barriga, livre de toda essa balbúrdia. A decisão de tirá-lo de lá foi tomada por gente de fora, que quer convencê-lo agora de que valeu a pena sair.

— Ora, então, me convençam! — berra o folgado. — Venham me mimar! E aqueles peitinhos, cadê? Eu não mandei botar o sutiã. E tem mais, eu quero todo mundo acordado a noite inteira!

Quem precisa saber falar para passar essas mensagens?

Num raro momento de paz e tranquilidade, o pai e a mãe se perguntam como tem casal que consegue dar conta de mais de um filho. O processo é muito simples. No segundo filho, aproveita-se a experiência com o primogênito, os pais ficam menos tensos. No terceiro, aplica-se a sabedoria adquirida com os dois primeiros e eliminam-se as frescuras. No oitavo herdeiro, você deixa uma pilha de fraldas no berço, junto com uma grana para o sanduba e o preguiçoso que se vire!

15.

INSTINTO ANIMAL

PELA OITAVA VEZ NA NOITE, um gemido tira do sono os novos pais do mercado.

— É o choro do pai...

— Bom, em alguma coisa ele tinha que parecer comigo.

— Não estou falando que o choro dele se parece com o seu, eu disse "é o choro do pai" porque está na sua vez de trocar as fraldas da fofozura. Vai logo, vai!

O pai é chutado da cama e sai rumo ao quarto do recém-nascido pensando na transformação recente do amor de sua vida. Sempre foi uma mulher tranquila e solícita, incapaz de se envolver em confusão, mas, desde que saiu da maternidade, está irreconhecível. A mulher que ele levara para o hospital não foi a mesma que trouxe de volta. O marido já tinha ouvido falar em troca de bebês, mas troca de mãe, talvez fosse o primeiro caso.

De fato, a mulher não é a mesma quando sai da maternidade. O instinto de provedora daqueles poucos centímetros de gente transforma a mulher em um mamífero. A mulher até hoje não perdeu a mania de ser mamífero. Mesmo a executiva mais racional, ao parir, esquece suas lições em Harvard e passa a agir exclusivamente por instinto. Sua audição agora é capaz de captar o gemido do bebê a centenas de metros, mesmo com um trio elétrico passando na janela. Os olhos conseguem flagrar um micróbio se esgueirando em direção à chupetinha. Tudo isso associado a uma memória inesgotável para guardar minúcias. É como ter um radar eletrônico de estrada alemã vigiando cada cômodo da casa. Seu objetivo é a preservação da humanidade, não de toda a humanidade, mas de um representante em particular. E ninguém a impedirá de ver sua cria convocada para a seleção natural como o camisa dez, o exemplar modelo, o estado supremo da arte.

Tudo o que a mulher promovida a mãe faz vem do seu instinto maternal. De repente, uma mulher que não consegue montar uma *playlist* no Spotify realiza com desembaraço tarefas complicadas, como trocar a fralda, arrumar o berço, receber as visitas e, ao mesmo tempo, produzir leite tipo A. Nada do que diz respeito ao filho ela precisou aprender. Seu comportamento passa a ser comparado ao das mamães chimpanzés ou mamães leoas. Para entender a esposa nessa fase, o marido terá de voltar aos tempos de colégio e estudar os animais mamíferos. Uma boa sugestão nessa época é um passeio pelo zoológico. Observe bem as mamães e seus filhotes, como elas cuidam deles o tempo todo, como vivem aninhados. Note bem o macho, distante, quase lendo um jornal. Se na sua cidade não tiver zoo, com todo o respeito, dê um pulo num pasto, numa fazenda, você verá eguinhas e potrinhos, vaquinhas e bezerrinhos, todos na mesma situação. Acredite, essa é a nova galera da sua mulher, o pessoal que realmente tem algo a dizer, experiência para trocar.

A busca da mulher por seus instintos primitivos cria um abismo no quarto do casal. O homem se mantém no mundo civilizado, enquanto a mulher experimenta os limites da vida selvagem. Note que sempre nos referimos à mãe natureza. E o pai, nessa história, onde fica, quem é? Ninguém sabe, ninguém quer saber. A mãe natureza provavelmente é mãe solo, teve seus filhos depois de uma suruba e os criou sem a participação do pai, que nunca pagou pensão nem ficou com eles num fim de semana.

Cabe aqui um alerta. O fato de a maternidade deixar a mulher mais em contato com a natureza, mais ligada à vida animal, não significa que o marido possa fazer o mesmo. Sendo assim, ele continua impedido pela patroa de se acasalar com vacas, piranhas ou cachorras.

16.

SALVEM AS MAMATAS!

DURANTE MUITO TEMPO ACREDITOU-SE que só a mãe sentia a verdadeira emoção de ter um filho. E havia uma razão para isso. Enquanto a mulher carrega por nove meses seu herdeiro genético, o homem pode levantar do leito nupcial e emprenhar a arrumadeira, a moça do cafezinho, aquela mocinha que distribui folhetos no sinal... enfim, pode aparecer, nove meses depois, trazendo um batalhão de bebês para conhecer o irmãozinho.

O que faz com que o homem em alguns momentos se sinta meio esquisito em relação ao próprio filho é a disputa pela fêmea.

O homem percebe que perdeu a parada assim que seu rival chega do berçário. Todas as atenções da mulher se voltam para o pequeno pacote de panos e cobertores. Ela não se digna nem a lhe dar um esporro. O marido nota que sua vaga nessa viagem é no bagageiro de um carro de fórmula 1.

De longe, o paizão contabiliza os prejuízos que o pimpolho causou na mãe. Se o parto for cesáreo, verá sua mulher costurada na barriga, prostrada na cama; se for parto normal, verá instalada a placa "em obras" no portal da felicidade. Nada, porém, é mais humilhante para o pai do que o período de amamentação.

Ao contrário do que afirmam os especialistas, o pai não sente inveja da mãe que pode alimentar seu filho, e sim do filho que pode mamar nos peitos da mãe em qualquer longitude ou latitude. Ele não escolhe lugar, seja num trem lotado, seja numa cerimônia com o rei da Inglaterra, o guri abre o berreiro e exige ali, naquele segundo, os peitões para meter a boca na frente de todo mundo. O sujeito fica pasmo com a audácia do guri, já que ele mesmo levara oito meses de namoro até pôr a mão nos peitinhos daquela mamãe. Com sete anos de casamento, não teria coragem de pedir para beijar os peitos de sua esposa nem na sala de casa, na presença dos pais dela.

O problema não é o bebê mamar, o mais troglodita dos pais compreende a necessidade vital do filho. O que incomoda é o estilo agressivo do pequeno. O pai, desde que conheceu sua mulher, aprendeu que teria de chegar de mansinho, falando baixinho no seu ouvido para descolar um amasso. O outro abre o berreiro sem o menor charme e é prontamente atendido. Você acha que ele se dá por satisfeito? Não, enfia a gengiva com força no peito para o mamilo nunca mais fugir de sua boca. É quando o pai considera que não se trata mais de sobrevivência, mas de uma relação sadomasoquista. Como sempre acontece nesses casos, o marido é o último a saber.

Mas o lance já rolava há tempos. O pai lembra que, durante a gravidez, sua mulher já se preparava para a chegada do rival. Sabendo da tara dos recém-nascidos por mordiscar peitinhos, ela comprava buchas, lixas e outros abrasivos para tornar o bico do peito áspero como uma pedreira. Ela, que sempre foi tímida e careta, depois que ficou grávida, passou a usar seus artefatos e aparelhos, sem perguntar ao marido o que acha de mamilos lixados. Alguém podia ao menos lhe explicar do que é feita a língua dessa criança!

Diante do tratamento de choque que o faminto aplica ao peito da mãe, é comum o bico se retrair com medo, na hora da investida. É quando entra o pai:

— Ô amor, o biquinho se escondeu de novo? Afasta essa criança e deixa comigo, eu sei fazer eles ficarem bem durinhos, lembra?

— É verdade, então vem...

— Tô indo, meu amor.

— Ei, você não precisa tirar a cueca pra mamar meu peito.

— E você acha que se você ficar toda excitadinha, eu vou te devolver de bandeja pro inimigo? Dá um tempo, eu também mereço!

QUERIDA,
CHEGUEI!!!

17.

COM O CORPINHO QUE DEUS LHE DEU... E O BEBÊ TIROU

FAZ TEMPO QUE A MULHER SÓ PENSA NO SEU BEBÊ. Esqueceu-se de si mesma, vive largada, desgrenhada, sem vaidade. Esqueceu-se do marido também. Aliás, não faz a menor ideia de onde o crápula se meteu. A jovem mãe percebe que está pisando num terreno perigoso, uma vez que, passado o desespero inicial, o pai já não está tão participativo, não está mais presente em todos os banhos, todas as fraldas, todas as mamadas. Isso representa tempo ocioso e nada mais ameaçador para a estabilidade de um casal do que um marido com tempo livre e no atraso. O marido aguentou o quanto pôde, relembrou-se manualmente da adolescência seguidas vezes, mas agora, com a culpa digerida, ele pode estar saindo do trabalho em busca de uma vadia.

A mãe recente, por seu lado, ao mensurar a gravidade da situação, acredita que só um movimento poderá deter o pai desesperado: a imediata metamorfose do seu corpo, eliminando qualquer vestígio abdominal de que ali recentemente esteve hospedado um bebê. Ela quer decepar aquela barriga que sobrou da gravidez, afinar a cintura, endurecer a bundinha, esquecer todas as gordurinhas a mais num banco da rodoviária. Ao ouvir os planos da patroa, o marido exulta de felicidade, pois sua mulher vai ficar melhor do que antes, já que nunca foi lá essas coisas. O sujeito se anima, vê uma brecha para participar, sugerir, estimular e, pela primeira vez em 12 meses, beneficiar-se do resultado.

É preciso cuidado antes de sair receitando uma overdose de exercícios físicos para uma recém-parida. Deve-se lembrar que ela já vem seguindo uma rotina de atividades estabelecidas pelo seu novo *personal* — o bebê. Mais do que qualquer academia, o bebê obriga a mulher a perder calorias, através das incessantes mamadas a cada duas horas; e ainda funciona como um par de halteres, tonificando bíceps e tríceps sempre que demora uma hora e meia para dormir no colo da mamãe. Apesar do cansaço, das olheiras, ela sai com uma vantagem em relação às outras mulheres, quando o assunto é frequentar academia. A mãe não precisa acordar cedo para ir à ginástica — ela já está acordada. Graças ao programa imposto pelo pequeno ditador, a mãe funciona em regime de farmácia de plantão, não fecha nunca.

O marido terá uma excelente razão para não ir à academia: alguém tem que tomar conta do moleque. Melhor ainda quando ele se convence do bem que estará fazendo à autoestima de sua mulher, se fizer o favor de engordar uns quilinhos, em nome da solidariedade. Pronto. Agora, além de ficar em casa, o pai também tem motivos para encher o pandulho de cerveja.

Ele quer ver o progresso físico da parceira, a drástica perda das várias bundas que ela nunca teve. Mas o marido tem que estar atento para evitar sugestões estúpidas. O cuidado deve ser redobrado, caso se trate de uma lactante. Um desavisado pode querer fazer com ela uma sessão de sauna a vapor, para ficar alguns minutos sem reparar nas gordurinhas localizadas — localizadas em todo o corpo da esposa. Ele não sabe que estará promovendo uma acelerada desidratação da mulher e, por conseguinte, condenando seu filho a sugar leite em pó na próxima mamada. Também não é hora de incrementar o visual com o sonhado silicone nos peitos. Acredita-se que uma reação do polímero com o leite materno pode resultar numa espécie de látex de sabor horrível e levar a mãe a se sentir uma árvore seringueira em pleno ciclo da borracha.

A tarefa é árdua e demorada, exige perseverança, sensibilidade. O marido torce sinceramente para que sua esposa volte a proporções mais paudurecentes. No período em que ainda não se notam a olho nu os efeitos de uma dieta balanceada, acompanhada de exercícios anaeróbicos, terapias, promessas, rituais e simpatias, cabe ao marido um papel importante. Ele estará encarregado de manter pra cima o ânimo da mulher amada. Para isso, terá que lançar mão de meios ardilosos. Um deles já abordamos aqui. Trata-se da tática da calça jeans, apresentada no capítulo *Barriga: tamanho é documento*. Só que, ao contrário daquela vez, o marido deve presentear a esposa com uma calça três números acima do atual figurino, para ela se sentir folgada ali dentro.

18.

JÚNIOR É UM GÊNIO

A CRIANÇA É UM GÊNIO, qualquer um pode ver isso, mas só o pai tem coragem de expor a opinião em público. Mesmo a mãe, que concorda com ele, não se propõe a pagar tal mico.

A impressionante capacidade intelectual do bebê é percebida pelo casal nas primeiras horas, por sinais inequívocos, como o tom do choro ou o cheiro do cocô. Segundo dados fornecidos pelos próprios pais a um instituto de pesquisa, 117% dos bebês nascem com inteligência muito acima da média, comprovando um antigo ditado: todo bebê nasce um gênio e vai se deteriorando com o tempo.

A deterioração mental é inexorável, não adianta chorar. O cérebro poderia preservar sua capacidade inicial se, desde o primeiro dia, conhecesse condições ideais para o seu desenvolvimento, o que pressupõe a convivência entre iguais. Um ambiente com mentes privilegiadas propiciaria uma permanente troca de informações e estímulos que levariam a uma inimaginável evolução intelectual do bebê. Mas como proporcionar um ambiente tão inteligente? Os pais verdadeiramente empenhados em educar seus filhos para a genialidade se veem num impasse. Eles fariam de tudo para oferecer ao garotão o lar mais cerebral que estivesse ao seu alcance. Como na época em que os pais nasceram, os pais dos pais não se preocuparam com isso, não tomaram conhecimento das novidades no campo da pedagogia para recém-nascidos, o resultado foi modesto. O casal é de poucas luzes, com raciocínios medianos e deduções que variam entre o óbvio e o "você podia perguntar de novo?".

Eles não estão à altura do rebento, não vão acompanhar a agilidade mental da cria. Talvez conseguissem enganar o bebê, que levaria uns 20 anos para descobrir o embuste, como é de praxe. O problema é que, tratando-se de um crânio, a trouxinha de cobertas pode desmascarar o casal, e os danos à hierarquia familiar seriam irreversíveis. O fato é que o bebê potencialmente genial não tem uma família à sua altura. Está, portanto, rompida a premissa básica para a formação de um superintelecto. Afinal, os bebês são geniais, mas os pais continuam sendo umas bestas.

Há um outro sério impedimento ao desenvolvimento de uma inteligência superior. Dá muito trabalho. Ao descobrir que o pimpolho é superinteligente, o casal sabe que a moleza acabou. Passará boa parte da infância e adolescência do moleque selecionando as melhores escolas, os professores mais rigorosos, gastará boa parte da renda com computadores, livros, cursos e nunca poderá se atrever a conferir o dever de casa do filho, se quiser manter a moral. Ninguém quer chegar em casa e ouvir de seu queridinho de três anos: "Porra, pai, como você é burro!". E ainda por cima, ter de dar razão ao insolente, já que não conseguiu corrigir sua equação do segundo grau.

O que os pais desejam é que seu filho seja normal como as outras crianças, apenas mais inteligente, mais forte, mais capaz, mais bonito e, se possível, mais rico. No fundo, só os mais neuróticos sonham com um minigênio em casa, um nerd vivendo num mundo à parte, zoado pela turma do colégio no recreio por não saber jogar bola ou beijar uma garota. Nada disso, o que os pais querem é uma criança que não atrapalhe as férias da família com aulas de recuperação durante o verão.

Desde os primeiros dias de vida, a criança pode ter a inteligência estimulada. Entretanto, a maioria dos pais deixa para fazer isso às vésperas do vestibular. Tarde demais. A massa cinzenta mantida 15, 16 anos em repouso terá dificuldade para entrar em atividade. Como a bateria de um automóvel, o cérebro também pode arriar. E não há chupeta que dê jeito. Ocorre que ninguém descobriu como estimular corretamente o cérebro de um bebê.

Ainda assim, a cada dia surgem novos jogos e brincadeiras que pretendem conduzi-lo ao cargo de presidente de multinacional aos 25 anos. O bebê, que não vê nenhuma vantagem em sair de trás do peito da mamãe para ficar sentado atrás de uma mesa de escritório, não consegue se concentrar na atividade. Por isso, ele não presta a menor atenção. E se no futuro o garoto não passar do posto de assistente de auxiliar de escritório júnior, ninguém se lembrará de culpar as técnicas pedagógicas da primeira infância.

Se você leu este capítulo até aqui, já sei do que está à procura: dicas para marombar o cérebro do seu pimpolho, mesmo ciente dos riscos. Então aí vão:

— Converse muito com o seu bebê quando for tirar a caca, explique tudo que está fazendo, seus procedimentos, sua preferência por determinada marca de pomada ou de fralda. Afinal, se você quer um bebê bem-informado, é bom que ele entenda do seu ramo, conheça o seu mercado; a partir daí ele passará a compreender o mundo.

— O banho não serve apenas para remover sujeirinhas insignificantes do bebê. É hora de aprendizado. Movimentando perninhas e bracinhos, ele pode ter suas primeiras noções de natação. Nunca force além de sua capacidade. Ensine apenas um estilo por banho para facilitar a memorização.

— Instale um móbile no berço do bebê. Desenvolve sua capacidade visual, aguça a curiosidade e estimula intensamente o cérebro com uma preocupação séria: "será que esse troço vai cair em cima de mim?".

— Ao brincar para estimular a inteligência do seu filho, evite fazer caretas ridículas e imbecilizantes. Você é o principal educador, se o bebê se tornar um idiota, imitando sua cara pelo resto da vida, você não se perdoará. Fora isso, ele poderá vir a ter uma péssima imagem de nós, adultos.

— Por fim, a grande lição que se pode ter na vida é a da luta pela sobrevivência. A única oportunidade que se tem para trabalhar o conceito de sobrevivência é a hora da mamada. O pai deve refrear o impulso da mãe de sair enfiando o peito na cara da criança mal ela emite um gemido. O ideal é deixá-la chorar, se esgoelar, para que a necessidade ative as funções cerebrais. Em seguida, o pai coloca o sujeitinho no colo da mãe, onde vai poder saciar sua fome, assim que conseguir abrir o sutiã. Esta atividade pode não torná-lo um gênio, mas eis aí um aprendizado que, quando crescer, seu filho vai lhe agradecer muito.

ACHO QUE MEU FILHO É PRECOCE!
SORTE A SUA! PRECOCE LÁ EM CASA SÓ A MINHA EJACULAÇÃO!

19.

ERRAR É O MANO

NÃO É SÓ O PAI DE PRIMEIRA VIAGEM QUE SE ENROLA. O segundo filho não aparece para facilitar as coisas.

A chegada do segundo filho tem a vantagem da experiência anterior, o sujeito não se apavora tanto, sabe que bebê é uma coisa resistente que sobrevive à ignorância dos pais. O ideal, aliás, seria ter primeiro o segundo filho e, quando o casal estivesse mais calejado, aí sim, encomendaria o primeiro, que é sempre mais mimado e exige mais atenção. Com sorte, isso poderia atenuar a ciumeira entre os irmãos.

— E aí, filho, gostou do mano?

— Gostei. Mas quando é que ele vai voltar pra casa dele?

— Como assim, filho?

— Quando que a gente vai levar ele de volta praquela casa grandona onde a gente pegou?

— Meu amor, a casa grandona é uma maternidade, eles não aceitam devolução. A casa do seu irmãozinho agora é aqui com a gente.

— Ah é? Legal.

— Que cara é essa? Não entendi. Não foi você quem pediu para ter um irmãozinho?

— Pedi. Mas isso não é um irmão, é um bebê. Você falou que eu ia ter um irmão para brincar, jogar futebol... com esse daí só dá pra jogar se ele for a bola.

Os pais sempre torcem para que o filho mais velho não morra de ciúmes do caçula. Com a chegada do neném, os pais percebem que o primogênito vai fazer o possível para não morrer de ciúmes do irmão, tentando eliminar não o ciúme, mas o irmão.

É uma história que se repete em todos os lares onde um irmão aparece. O pai acha o máximo, o filho acha uma roubada e um tenta convencer o outro.

O primeiro impulso do pai é convencer o filho de que a ideia de ter um irmãozinho foi dele. E sabemos que isso nunca passou pela cabeça da criança, mesmo porque ela não sabe como fazer um irmãozinho. E se soubesse, duvido que ensinaria aos pais.

Tudo começa numa madrugada:

— Filho, o que você acha de ganhar um irmãozinho?

— Ahn?

— Que bom que você também acha legal. Então volta para o seu quarto que eu e mamãe vamos providenciar pra você.

No fundo, o que eles queriam mesmo era dar uma trepadinha, mas nenhum dos dois tinha coragem de declarar isso abertamente para o filho, que se habituou a dormir na cama do casal. A única maneira de enxotá-lo dali era mostrando que o interesse era todo dele. Era só uma mentirinha, mas eles ficaram preocupados. E se o filho encostasse os dois na parede perguntando pelo irmão? Se não tem irmão nem na barriga, o que ficaram fazendo depois que ele saiu da cama deles? Para evitar constrangimento, eles preferiram fazer um irmãozinho.

O próximo passo é provar que o novo hóspede da casa veio para divertir a família. É uma espécie de brinquedo sem pilha e sem cartuchos, um boneco que você nem precisa mexer nos bracinhos para chorar, um *Hatchimals* mais bem-feito. A criança discorda. Brinquedo que é brinquedo, depois de algum tempo, enche o saco e a gente abandona. Já o irmãozinho não vai poder ser amontoado em cima do armário, junto com os carrinhos sem rodas e as bolas furadas. Além disso, mamãe não deixa desmontar o bebê para ver como ele funciona por dentro. Enfim, o caçula pode ser visto, no máximo, como aquele presente caro que a criança ganha aos quatro anos e que a mãe só deixa pegar depois dos treze.

Para o mais velho, o caçula é cercado de privilégios. A quantidade de visitas ao bebê irrita o irmão. Ele não se lembra de ter sido tão visitado quando nasceu. O clima é de feriado nacional. Quer dizer, seria, não fosse um detalhe. No meio de toda aquela festa, ele tem que se arrumar e ir para a escola. E agora, como largar tudo para trás? O território desguarnecido, o inimigo em franca atividade, conquistando simpatizantes com golfadas, recebendo vivas em vez de esporro, cada vez que dá um arroto... e ele na escola.

Os pais se empenham para explicar que é importante ir à escola, para fazer amiguinhos, aprender coisas novas, para ter espaço para brincar. Mas ele não vê assim. Teria espaço para brincar em casa mesmo, era só tirar o berço do seu quarto. E se é para aprender novidades, quem tem que ir para a escola não é ele, que já sabe algumas coisas e sim seu irmão, que não manja nada de assunto algum, é totalmente desinformado. Sem falar que é o mano quem precisa fazer novos amigos. Desde que nasceu, nunca se enturmou com gente do seu tamanho — uns poucos bebês só pintaram por ali porque as mães não tinham com quem deixar.

O filho mais velho faz de tudo para retomar o status de dono do pedaço e, quando nota que não está conseguindo nada, apela para a regressão. Passa a se comportar como um outro bebê, fica dengoso, carente, pede para usar fraldas, chora para voltar a mamar e a ganhar chupetas, apesar de ter quase 15 anos. Tudo para ficar uns dias em casa sem ir à escola. O tiro sai pela culatra. Angustiados com o comportamento do garoto, os pais tomam uma providência. Agora, além da escola, o menino tem de ir também ao psicólogo.

O desespero dos pais por não saberem como abordar a questão não dura muito tempo. Não que eles aprendam a lidar com o assunto. O filho mais velho é que, finalmente, se dá conta de que não está mais concorrendo na categoria "trouxinha dormindo no berço". Seu lugar na família agora é outro. Ele está ali para ajudar papai e mamãe a cuidar do maninho. Num momento de sinceridade, o garoto chama o pai no canto e dispara:

— Com que idade a gente começa a gostar, de verdade, do irmão?

20.

DE QUE FAMÍLIA VOCÊ VEIO?

MUITA GENTE CONSIDERA IMPORTANTE TER UMA FAMÍLIA estruturada, com pais presentes, irmãos unidos e parentes ricos. Poucos conseguem reunir tantas virtudes debaixo de um mesmo teto, antes de botar seu pissulim para funcionar. O sonho do macho brasileiro é chefiar uma família harmoniosa, saudável, todos com aquela cara de babaca, tipo anúncio de margarina. Muitas vezes, o projeto desanda e ele só consegue a cara de babaca.

A família brasileira já não é mais a mesma. No tempo em que nasciam pessoas da idade do autor, as famílias eram mais numerosas, não apenas em filhos, mas também em agregados. Moravam em amplas casas de subúrbio, com vagas para a sogra, para o tio meio pancada e para o afilhado que veio tentar o desemprego na cidade grande. Essas pessoas costumavam passar o dia sem assunto, até aparecer um bebê na área para elas tomarem conta e se tornarem úteis na casa, justificando a mordomia.

A criança antigamente não era criada pelo pai, que estava fora trabalhando, nem pela mãe, que não entendia nada do assunto. O bebê crescia no colo de um triunvirato formado pela avó, a lavadeira, que acumulava o papel de babá, e o tio pancada, que era quem tinha mais tempo para educar a criança. Hoje em dia, a família diminuiu e se mudou para um conjugado, onde não cabe mais nenhum membro da antiga equipe de apoio, embora o tio biruta insista em querer morar numa prateleira do quarto de empregada. Na ausência de gente mais gabaritada por perto, os pais passaram a cuidar eles mesmos da educação de seus filhos.

Outro fato que mexeu com o jeitão da família contemporânea foi o crescente número de divórcios e a formação de novos lares que acabam por criar laços de parentesco pouco familiares até então.

— Pai, quem é a minha mãe?

— Filho, eu vou te explicar de novo. Quando papai casou com a mamãe, ela era muito nova e a vovó veio morar com a gente. Logo que você nasceu, a mamãe saiu para ir ao ginecologista e nunca mais voltou. Como a vovó ainda dava um caldo, papai casou com ela.

— Então a minha avó é a minha mãe agora?

— Não, agora ela é minha esposa, mas ainda é a sua avó. Quando você crescer, você vai entender.

— Mas pai, eu já tenho 27 anos!

— Não torne as coisas ainda mais difíceis para o seu pai, meu filho. Vá se deitar, quando a mamãe chegar, ela passa no seu quarto para te dar um beijinho de boa-noite. Agora, papai tem que ir lá dentro dar um couro na vovó, que a velha tá danada...

O fenômeno da avó gostosa é recente e será estudado num livro à parte.

Existem casos de lares que se desfazem e se refazem com tanta rapidez que fica complicado para as crianças decorarem os nomes dos novos irmãozinhos. O casal se separa, o pai arruma uma nova namorada, e a mãe, um novo namorado. Mais brigas, mais separações, novos casais se formam. O ex-novo namorado, que já tinha juntado com a ex-nova namorada, acabou de sair de casa com outra e...

— Ei, o que esse bebê está fazendo aqui? É seu?

— Meu? Sempre achei que era seu...

— Tá maluca, eu nunca tive filho!

— Deve ser do antigo inquilino. Deixa com o porteiro que eles levam quando vierem pegar a correspondência.

— Espera aí, agora eu me lembro. Esse daí é o filho da ex-namorada do ex-namorado da ex-mulher do ex-marido da namorada da minha ex-esposa. Eu tinha ficado de deixá-lo na escola, mas estacionei em local proibido e o carro foi rebocado. Com a criança dentro...

Na falta do pai, muitos lares são chefiados pela mãe. Outros, pelo bebê mesmo. São os aprovados nos exames de DNA, o concorrido vestibular da primeira infância. Dele depende a sorte da família.

Se a análise de material acusar a presença genética de um pai abonado, a criança levará o resto da escumalha nas costas. Aos quatro meses, a criança se torna a única na casa que tem cheque especial.

Além da grana, os bebês precisam dos pais como referência, mesmo que eles não sirvam de referência para ninguém. Desde Adão e Eva até uns 25 anos atrás, macho não tinha nada a ver com bebê. Não segurava no colo, não trocava fraldas, nem ensinava a andar, só a dirigir. Hoje em dia, muitos pais torcem suas rotinas para ficar com seus filhos.

Como o caso de um sujeito que se separou da mulher e ficou com a guarda da sua filhinha de 15 dias. Apaixonado pela menina, ele queria ser um pai presente. Teve que fazer umas pequenas adaptações no seu conjugado, instalando o bercinho em cima da geladeira, transformando o tampo do vaso em trocador e a pia entupida numa banheira. Foi um período em que ele aprendeu muitas coisas, como, por exemplo, a fazer barba de ressaca com a neném no colo sem deixá-la ser tragada pelo ralo ou a esconder a fofurinha na despensa da cozinha, quando chegava a namorada que é um tesão, mas detesta criança. O rapaz fez de tudo que estava ao seu alcance para lhe dar conforto. Mas não conseguiu superar o problema da alimentação. A menina se recusava a comer pizza fria com cerveja quente, só o que ele tinha em casa. O paizão reclamava:

— Criança mimada é um saco...

21.

PRIMEIROS SOCOOOOOORRRROS!

SIM, EU SEI, VOCÊ ESTÁ LENDO ESTE TROÇO para se distrair, não quer ficar pensando em criancinhas sofrendo, em doenças complicadas que não têm a menor graça. Tem razão. Mas este é um capítulo imprescindível, sem ele, vários pais não comprariam o livro. Mas relaxe, onde você lê "doença", deve entender como, no máximo, uma diarreia ou um resfriado. É tudo o que um pai pode suportar. E suporta, se for no filho dos outros.

O que mais agonia é não saber o que fazer na hora H, como agir no momento em que o filho mais precisa da sua decisão, como proceder, por exemplo, num acidente. Se você é pai, não há o que se preocupar, você saberá o que fazer. Em caso de primeiros socorros, o primeiro socorro é sempre do pai: "Socoooooorrro!!!".

Cerca de 107% das doenças dos bebês surgem à noite. Ele consegue pegar no sono e uma febre aparece do nada para infernizar a madrugada, justo quando é mais difícil achar um médico sóbrio ou uma farmácia que não esteja sendo assaltada.

Não se trata de uma conspiração da rapaziada da fase oral. O sobressalto dos pais com o choro em tom de sirene de ambulância diverte uma criança que não tem capacidade de assistir a um desenho animado. Ver um adulto voar a um metro e meio do nível da cama é extremamente excitante. Os pais mais sensatos costumam se vingar acordando o pediatra.

— Doutor? Boa noite, aqui é o pai do Júnior. O senhor sabe que horas são agora?

— Como? — grunhe o médico.

— Não se faça de desentendido, doutor. São três e meia da manhã, sabia?

— Agora que o senhor me acordou para informar as horas, posso voltar a dormir?

— Três e meia da manhã. Pois às três e meia da tarde de ontem, nós estávamos no seu consultório e o doutor disse que nosso filho estava ótimo, que sua saúde estava perfeita. Doze horas depois, o moleque está aqui se esgoelando, febril. O senhor tem que vir aqui dar uma examinada nele agora! Doze horas, caramba, meu filho ainda está na garantia! O rapaz que conserta a máquina de lavar dá seis meses de garantia. O que o senhor acha disso?

— Acho que o senhor deveria levar seu filho numa oficina autorizada. Boa noite.

Na falta de providência melhor, o pai faz o que está ao seu alcance. E o que está ao seu alcance, naquele momento, é o telefone. Ele evita que o doutor tenha uma noite de sono tranquilo, ligando de 15 em 15 minutos. Isso se o bebê melhorar; se piorar, o pai telefona de dois em dois.

Se há uma coisa que os pais não aceitam é o descaso dos médicos. Não engolem diagnósticos superficiais e sempre estão certos de que o caso do seu neném é uma exceção. Seu filho é único, ainda não foi estudado pela ciência, não se pode dizer que um nariz escorrendo é um mero resfriado. Pode ser uma moléstia mais séria, mais recente, ainda não relatada nos alfarrábios de Hipócrates — os pais adoram pesadelos com doenças emergentes.

Para evitar frustrações, a medicina desenvolveu uma moléstia infalível — a virose. De causa desconhecida e sintomas variados, a virose cai como uma luva cirúrgica. É uma espécie de coringão, vai bem em qualquer situação que o terapeuta esteja em dúvida. Os pais não têm mais o que perguntar. Sabem que o médico não sabe direito do que se trata, quanto tempo vai durar e que medicamento receitar. Segundo o chute de um estatístico, 99,8% dos bebês que sentem alguma coisa à noite estão, invariavelmente, com uma virose. Pergunte ao pediatra do seu filho, às três e meia da manhã.

Quando o assunto descamba para a área da saúde, os pais tentam esquecer um momento traumático para toda a família: a primeira vacina. Os dois conduzem a criança ao posto médico como quem estivesse indo à Disney. Diante da enfermeira, desembrulham o filhote e, em meio a beijos e carícias, oferecem a bundinha intacta para a picada lancinante. Fica registrada para sempre a expressão do sujeitinho ao ser traído por seus próprios pais. Ele não sentia nada quando entrou no ambulatório, os dois sabiam o que ia acontecer e não o preveniram de nada. Um típico crime doloso, ou melhor, doloroso.

É preciso pesquisar o impacto da primeira vacina na formação do caráter de um cidadão. Está certo, a imunização é válida, mas carece de ajustes, ou de seringas menos pontudas. As circunstâncias também não ajudam: a mãe sorrindo cinicamente para uma criança que se sente segura, coitada, nos seus braços. Vacina faz bem à saúde, mas certamente é fonte de revolta e a causa de alguns desvios de conduta. Afinal de contas, que mundo é esse em que a gente não pode confiar na própria mãe?

Evite passar seus vícios para seu filho. Se não consegue parar, fume escondido no banheiro. Se o bebê desconfiar, diga que você só fuma para disfarçar o cheiro.

ACABOU O LEITE!
TUDO BEM, EU PREPARO UMA CAIPIRINHA!

22.

FÉRIAS, TÔ FORA!

OS MESES VÃO PASSANDO E O PAI VISLUMBRA uma luz no fim do túnel: férias! Ele merece, a mãe precisa e o bebê não tem nada contra ficar de bobeira sem trabalhar, é o que ele mais curte na vida. O pai não vê a hora de ficar em casa fazendo bilu-bilu no bebê. Já a mãe, que é quem manda no pedaço, não suporta mais um dia de prisão domiciliar. E, mesmo com as finanças bombardeadas, a família procura um destino para descanso geral da nação. Um canto, uma praia deserta, um paraíso ecológico onde o casal possa se isolar para relaxar com o filhote.

Ao percorrer todas as agências de turismo da cidade, ele descobre o pacote ideal para os seus planos e seu orçamento: sete dias, pensão completa, na praia do Muquifo. "Longe de tudo e do nada, esquecida num ponto qualquer entre o Piauí e o Maranhão, a praia do Muquifo é uma relíquia que o homem mau e feio ainda não tocou". Ele telefona para a mulher.

— Benhê, achei! Exatamente como a gente sonhava!

— Achou? Então, acerta logo isso e vem pra casa fazer as malas.

— Tá brincando, né? Ainda falta um mês e meio pra viagem.

— Um mês e meio! Só? Não sei se dá tempo de arrumar toda a bagagem do Júnior.

Começa a gincana. A primeira etapa é juntar os itens indispensáveis para um bebê de seis meses passar uma temporada numa praia selvagem. Setenta pacotes de fraldas, setecentos potinhos de papinha, sete mil remédios para qualquer doença, alergia ou virose, berço portátil, minifreezer, liquidificador, forninho, banheirinha, piscininha, cavalinho, parquinho e o carrinho de bebê para passear com o Júnior na orla, caso já tenha uma ciclovia na praia do Muquifo.

— Acho que você vai ter que sair para comprar mais uma mala — diz ela.

— Uma mala? Eu vou é chamar um caminhão de mudanças!

O acesso àquela praia não era fácil, mas era o preço que ambos estavam dispostos a pagar para se livrar da rotina e de amigos e parentes sem alça, fariam qualquer sacrifício pelo direito de fazer bilu-bilu na criança sem ter que aguardar a vez. Depois de sete conexões aéreas, eles chegam a Juazeiro do Norte, onde pegam um ônibus até Picos. Ali pernoitam e conhecem o guia que lhes entrega passaportes falsos e os ajuda a atravessar a fronteira do Ceará com o Maranhão. Eles seguem de jipe, de jangada, de jegue, de mula, de bode, de calango até chegarem ao paraíso.

O impacto da visão da praia do Muquifo deixou o sujeito paralisado. Não tanto pela beleza do lugar e sim pelo tanto que ainda faltava andar para chegar à pousadinha. O bebê, pela primeira vez em 36 horas, parou de chorar. Os pais acharam que ele, finalmente, resolveu colaborar, vendo que os dois estavam nas últimas. Mais tarde, descobriram que ele estava mesmo desidratado e desmaiou.

Na pousada, o casal teve sua primeira noite de descanso, em que puderam dar toda atenção ao bebê. Uma feliz coincidência, pois o pequeno precisava de muita atenção — chorou e gritou a noite inteira. Foi uma situação constrangedora saber que estavam incomodando tanto os outros hóspedes. Mas teve seu lado bom. O casal, que não conhecia ninguém na pousada, acabou ficando bastante popular.

O marido esquece de tudo quando acorda de frente para uma praia deslumbrante, com água cristalina, areia branca e coqueiral. Ele quer apenas estender uma esteira para deitar o Júnior à sombra de um coqueiro e se dedicar ao seu hobby, que é a caipirinha. Antes do primeiro mergulho, o pai é pego de surpresa por uma questão fundamental. Como se manter tranquilo sabendo que seu filho está deitado debaixo de um coqueiro? É quando ele se dá conta do tamanho dos cocos pendurados lá em cima, apontados para o quengo do moleque. E da falta que faria ao bebê uma agilidade ninja, se um daqueles bólidos despencasse na sua direção. Um nativo explica que, nessa estação do ano, os cocos estão verdes demais para se soltar. Mas ele não estava disposto a apostar o próprio filho nessa hipótese. Vai que aquele coco específico não ficou devidamente amarrado pela natureza e... Na dúvida, é melhor botar o Júnior no sol da manhã que, segundo os médicos, é o mais saudável.

A praia do Muquifo é hoje um exemplo de como aumentou o número de pessoas que buscam praias virgens e isoladas no Brasil. Uma praia deserta atualmente não tem menos de cinco mil turistas. Ali estava boa parte desses cinco mil banhistas se acotovelando, disputando um coqueiro ou um pequeno espaço para um mergulho na água cristalina do mar.

Por falar em água, será que o Júnior está com sede? O pai calcula que, às três e meia da tarde, o sol da manhã deve estar na Polinésia. Encontra a criancinha na multidão, a partir da fumaça produzida com a insolação. Desesperado, ele vai até a barraca de bebidas para comprar água para o bebê. Acaba trazendo um gim com tônica, a coisa mais leve que serviam ali. A família decide voltar para a pousada. Só lhes resta abrir um potinho de papinha para matar a fome do filhote. Restava, não resta mais. Eles descobrem que haviam deixado a janela aberta, o quarto estava revirado e os vidros de papinha sumiram.

O pai vai reclamar o roubo, mas a gerente esclarece:

— Foram os micos-roxos-do-saco-amarelo, uma espécie em extinção que tem aqui na região. Eles comiam uma fruta silvestre que tinha na nossa mata, hoje sobrevivem graças aos alimentos roubados de hóspedes. É impressionante a capacidade de adaptação desses bichos, comem qualquer coisa!

— Até a papinha do meu bebê? Mas como eles fazem para abrir os potinhos?

— Os voluntários de uma ONG cuidam dessa parte.

— Ah, bom.

No dia seguinte, o casal decide se instalar em outro ponto da praia, já que a área em frente à pousada é conhecida como "baixo Muquifo", o lugar onde tudo acontece. Caminharam pela areia até não ouvirem mais axé music. O pai estava armando a barraca, quando apareceu um jovem atrás de uma bolinha de frescobol. Ele achou estranho alguém jogar frescobol usando um taco de beisebol. Logo depois, viu que não era um taco de beisebol. O jovem estava pelado, eles haviam chegado à praia de nudistas. Praia de nudistas não é exatamente o destino sonhado por uma mulher recém-parida cujo marido sem-vergonha e pão-duro não pagou uma lipoaspiração. Muito menos por um marido sovina e muquirana que ainda não fez o tratamento para alongar o pênis. Isso, sem falar na criança, que pode ficar impressionada com tudo aquilo e ter dificuldade para dormir.

Cansados, esfomeados, desidratados, debilitados e humilhados, eles decidem voltar para casa. No engarrafamento de um centro urbano poluído e paranoico, a família celebra: está salva! Agora é só colar as fotos no álbum do bebê: "Minhas primeiras férias". Inesquecíveis.

23.

FELIZ ANIVERSÁRIO, UFA!

SE TEM UMA DATA em que não dá para fazer economia nas despesas é o primeiro aniversário do bebê. Não que o pai queira se endividar, mas os parentes, os amigos, os vizinhos e os bicões pressionam por um festão. E a desculpa da falta de grana não cola, todo mundo sabe com antecedência quando o seu filho vai fazer um ano. Ninguém alivia. Querem ver se o pai ama o filho que tem e só vão se convencer desse amor se a cerveja estiver gelada e não faltar salgadinho.

Para isso, o sujeito vai fazer hora extra, vai vender churrasquinho na praia, vai se endividar tanto na Crefisa que o Palmeiras poderá comprar toda linha de ataque na Europa, sonhando com o dia em que a festinha do seu pimpolho terá financiamento da Caixa.

O primeiro aniversário de um bebê pode ser comparado à inauguração de uma obra pública. É um momento célebre, em que a criança será apresentada à sociedade — ela está ali inteirinha, sobrevivente da inexperiência dos pais. O pai está realizado — seu filho já sabe que ele existe! Os primeiros passos de bêbado indicam que o garoto vai ser um arisco ponta-direita que poderá ser vendido pra abater a dívida. Ao fazer a lista de convidados, o pai lamenta não conhecer muitas gatinhas na faixa de oito meses a um ano e pouco, para que o moleque começasse logo sua longa vida de garanhão.

Emocionada, a mãe repassa na memória o filme com os melhores momentos dos últimos 12 meses e revive a transformação daquele pequeno invertebrado no sujeito perigoso que obrigou a família a viver num apartamento cercado por telas e mobiliado com móveis de borracha. Não foi apenas o bebê quem mudou nesse período, o pai também evoluiu, sua cultura cresceu. Está certo que ficou mais difícil sair para um cineminha; por outro lado, a rotina favoreceu hábitos mais caseiros e o casal se orgulha de já ter zerado os filmes dos streamings. O chato é que os filmes disponíveis têm todos o mesmo final: o pai babando e roncando no sofá da sala.

A primeira dificuldade para se organizar a festa de um ano é calcular o número de convidados. Não adianta tentar controlar através de convites, todo mundo se considera convidado, gente que nem sabe o nome do Júnior comparece à boca livre na maior cara de pau. E a maioria ainda vai espalhar que foi a contragosto, que detesta festa infantil, que só está ali em consideração aos pais e ao... à... é menino ou menina?

Os amigos aproveitam a ocasião para rever o casal, que nos últimos quinze meses esteve fora do circuito, sem ir à festa, boate ou restaurante, sem fazer um programa que dure mais de meia hora. Eles trazem notícias do mundo lá fora, os filmes que estão em cartaz nos cinemas, quem está comendo quem, quem virou corno de quem. Conversando com os amigos, o casal se sente como que voltando ao Brasil, depois de anos de exílio.

Uma grande vantagem da festa de um ano é que quase não tem criança. Como os pais não querem arriscar perder o aniversariante numa piscina de bolas, as casas de festa são evitadas. O ideal é receber o pessoal em casa mesmo, com um churrasco de dia inteiro, pagode na caixa e cerveja no gelo. A mãe, que a partir de agora passa a ter sua prisão domiciliar relaxada, entorna várias caipirinhas e apaga muito antes da velinha. A vovó, que teve alta ontem da crise de hipertensão, cai de boca na carne de porco e, em pouco tempo, a velhinha também apaga. O pai aproveita o cochilo da patroa para dar em cima da cunhada, que ameaça fazer um escândalo se ele não tirar a mão dali. Ninguém é de ninguém. O bolo de aniversário também não resistiu: uma tia distante — tia que morava distante, e não podia esperar a hora dos parabéns — recortou um tasco do bolo e levou.

No fim da madrugada, alguém se lembra de perguntar:

— E o aniversariante, não vai aparecer?

— Você não acha que já é tarde pra essa criança aparecer?

— Você não entendeu. O bebê sumiu. Ninguém sabe onde ele foi parar.

— Nada disso, ele deve ter ido brincar na casa de um amiguinho. Ele sabe que festa de um ano não é coisa pra criancinha.

— É isso aí. Então aumenta o som.

— Falou.

E a balada rola até o amanhecer. A essa altura, já tem gente querendo transar no banco de trás do carrinho de bebê. Todo mundo enfiou o pé na jaca, só quem não está mamado é o Júnior, que está se esgoelando de fome. Uma coisa é certa: primeiro aniversário não é coisa para principiante.

24.

TOMA QUE O FILHO É TEU!

DEPOIS DE UM ANO SE ATRAPALHANDO COM O BEBÊ e levando esporro da mulher, o pai se sente capaz de pôr em prática sua experiência para criar um filho saudável, inteligente e gente boa.

O problema é que a criança não repete a programação no ano seguinte. Ela é focada e nunca se desvia do seu principal objetivo, que é dar cada vez mais trabalho ao pai. Para isso, a criança não mede esforços e desenvolve novas habilidades: aprende a falar para interromper todas as conversas, aprende a andar para obrigá-lo a circular curvado pela casa até ficar corcunda. Aprende, inclusive, a parar de babar, mas continua porque sabe como uma baba tira seu pai do sério.

Esse é um bom momento para recolocar a relação com a mulher nos trilhos. Eu disse a relação, não a mulher! O casal tem que estar atento para não se tornar uma dupla de animadores infantis, que não sabe o que fazer quando está livre de criança por algumas horas. A essa altura do campeonato, não tem mais motivo para ficar no atraso. Se o casal continua sem fazer sexo, a culpa não é do bebê.

Cabe ao pai, se ainda se interessa pelo assunto, aprimorar novas técnicas na cama. Descobrir como desviar a atenção da mulher daquela coisinha encantadora que está no berço para aquela coisa molenga que mora na cueca dele. Tem que provar a ela que ainda é a melhor companhia para este tipo de brincadeira, mostrando seu poder de concentração para transar, com a babá eletrônica ligada a dois palmos do seu ouvido.

O desafio não para por aí. Se quiser passar uma noite inteira na sem-vergonhice com a parceira, não poderá se incomodar cada vez que ela precisar atender ao choro do bebê no quarto ao lado. E não se incomodar significa manter a ereção até ela voltar.

Mas este tipo de coisa você não aprenderá neste livro. A obra não tem a pretensão de abranger todas as questões que um pai vai enfrentar. Espero que ninguém se sinta traído por saber que uma série de suas dúvidas fundamentais será deixada de fora.

É verdade, pai, daqui pra frente você vai se virar sozinho.

Portanto, amigo, não há mais o que embromar. O livro chegou ao fim, é melhor fechá-lo e ir dar uma força para sua mulher, que deve estar desesperada atrás de você.

Caso se depare com algum problema de que não tratamos aqui, use a imaginação. E empurre o pepino para quem estiver por perto!

FIM